# Un Cadeau Plein d'Espoir

# Un Cadeau Plein d'Espoir

Eunice DM

Le Code de la propriété intellectuelle et artistique n'autorisant, aux termes des alinéas 2 et 3 de l'article L.122-5, d'une part, que les « copies ou reproductions strictement réservées à l'usage privé du copiste et non destinées à une utilisation collective » et, d'autre part, que les analyses et les courtes citations dans un but d'exemple et d'illustration, « toute représentation ou reproduction intégrale, ou partielle, faite sans le consentement de l'auteur ou de ses ayants droit ou ayant cause, est illicite » (alinéa 1er de l'article L. 122-4). Cette représentation ou reproduction, par quelque procédé que ce soit, constituerait donc une contrefaçon sanctionnée par les articles 425 et suivants du Code pénal.

© 2021 **Eunice DM**
1ère édition sous le titre: 2 Robes pour un mariage
**Couverture** : Martine Provost
**Correction** : *www.corinecorrections.fr*
**Mise en page** : 2LI (www.2li.fr)
*www.eunice-dm.com*

*A ma grand-mère Emilia*

# Table des matières

Chapitre 1 ............ 9

Chapitre 2 .......... 13

Chapitre 3 .......... 21

Chapitre 4 .......... 25

Chapitre 5 .......... 31

Chapitre 6 .......... 35

Chapitre 7 .......... 39

Chapitre 8 .......... 49

Chapitre 9 .......... 53

Chapitre 10 ........ 59

Chapitre 11 ........ 61

Chapitre 12 ........ 67

Chapitre 13 ........ 73

Chapitre 14 ........ 79

Chapitre 15 ........ 85

Chapitre 16 ........ 93

Chapitre 17 ........ 97

Chapitre 18 ........ 99

Chapitre 19 ...... 105

Chapitre 20 ...... 115

Remerciements... 135

# Chapitre 1

Grand, svelte, les cheveux poivre et sel, une petite moustache provocante, des yeux d'un bleu limpide, Marc Vincent, la cinquantaine, PDG d'une grosse boîte de bâtiment était un homme comblé. Son entreprise était florissante, ses salariés l'appréciaient, sa femme Claire l'aimait et son unique fille Camille allait se marier.

Il avait tout fait pour lui procurer une enfance et une adolescence agréable. Maintenant, à vingt-quatre ans, elle était devenue une belle jeune femme accomplie, il en était fier ! Bientôt, elle intégrerait l'entreprise familiale qui était transmise de génération en génération.

Marc avait tenu à ce que sa fille soit élevée dans un cocon privilégié avec des parents présents et aimants, ce qui n'avait pas été son cas. Lui avait grandi sans sa mère. Son père lui avait dit qu'un jour, peu après sa naissance, elle lui avait confié sa garde et avait disparu. Il pensait même qu'elle devait être morte depuis. Alors, certes, Marc avait été élevé dans l'opulence, mais sans amour par un père toujours absent et des belles-mères en voici en voilà. Il avait d'abord fait ses premières études dans des écoles privées proches du domicile puis avait terminé dans des écoles prestigieuses à l'étranger. Privé d'amour, sa vie n'avait pas toujours été rose.

De sa mère, il ne savait pratiquement rien. Il avait bien essayé à plusieurs reprises de tirer les vers du nez à son père, mais ce dernier s'était fermé comme une huître. Seule la femme de ménage en service chez eux depuis des années avait accepté de lui parler du peu qu'elle savait.

—À l'époque, ton père était un très beau jeune homme, lui raconta-t-elle. Il faisait tourner la tête de la plupart des femmes de l'entreprise. Ton grand-père lui avait formellement interdit de fréquenter l'une de leurs salariées, cela pouvait engendrer une mauvaise ambiance au sein de la société. Mais les jeunes ne sont pas toujours obéissants et ta mère était très jolie. Et d'après ce que j'ai entendu dire, toujours souriante et agréable à son poste d'hôtesse d'accueil. Ils sont sortis ensemble plusieurs mois, ils semblaient très amoureux. Quand ton grand-père l'a appris et surtout quand il a su que ta mère était enceinte, il l'a licenciée et ton père a été prié de mettre fin illico presto à cette liaison sous peine d'être déshérité. Ton grand-père ne supportait pas l'idée de faire entrer dans la famille une femme de niveau social inférieur au leur, il avait de grandes ambitions pour ton père. Quand tu es né, ton père était en déplacement à l'étranger, ta mère t'a enregistré à la mairie sous son nom à elle et de géniteur inconnu. D'après ce que je sais, ton père est rentré peu de jours après ta naissance. Il a cherché à prendre de vos nouvelles et quand il a appris l'état de pauvreté dans lequel vous viviez, ta mère ne travaillant pas – elle ne touchait qu'une modique allocation – ton père s'est décidé à reconnaître sa paternité. Mais sous la pression de ton grand-père, il a demandé ta garde exclusive au motif que ta mère ne pouvait t'élever correctement. Bien sûr, cela a été accepté par le juge aux affaires familiales. Ta mère n'avait obtenu qu'un mince droit de visite. Elle est venue pleurer plusieurs fois à la porte pour te voir, mais était chassée à chaque fois par ton grand-père. Puis, un jour, on ne l'a plus revue. Dans la maison, il se disait qu'elle était morte. Voilà, je n'en sais pas plus.

Marc avait écouté toute l'histoire sans broncher. Cela lui avait fait mal sur le coup, mais il avait encaissé comme il avait appris à le faire depuis sa plus tendre enfance.

C'était donc dans l'entreprise familiale Vindi, au côté de son père et de son grand-père tyrannique, qu'il avait fait ses premiers pas dans le monde du travail.

Bien des années plus tard, il avait découvert un jour, dans un tiroir du bureau de son père, une boîte avec une photo sur laquelle se trouvait ce dernier en compagnie d'une belle femme et d'un nouveau-né, un extrait de naissance et un minuscule bracelet en or. Au dos de la photo, il y avait une date de naissance, la sienne, et trois prénoms : Gisèle, Marc et Damien. Alors, sans même en demander la permission à son géniteur, il avait pris la boîte et l'avait rangée précieusement. C'était le seul souvenir qu'il avait trouvé de son côté maternel. Aujourd'hui, sa fille était sur le point de se marier, c'était un grand événement. Il avait même réussi à pardonner à son père d'avoir été lâche au point de ne pas avoir affronté son grand-père.

# Chapitre 2

Ce matin, Camille était en effervescence. Elle devait se rendre dans le magasin de haute couture qu'elle avait sélectionné afin de choisir ses vêtements de mariage.

— Maman, tu viens avec moi comme prévu ? demanda-t-elle à sa mère.

Celle-ci lui caressa le visage avec amour.

— Je suis vraiment désolée chérie, je ne peux pas, j'ai un rendez-vous de dernière minute très important. Tu ne peux pas le décaler à demain ?

— Non, ils m'attendent aujourd'hui. C'est bête !

— Dans ce cas, vas-y et essaie de négocier un autre rendez-vous pour demain. Je viendrai avec toi, promis !

— OK. Et pour le budget ? se renseigna-t-elle néanmoins.

Claire regarda sa fille en souriant. Bien qu'ils n'aient jamais eu de problèmes d'argent, Camille réagissait toujours de la sorte, elle ne voulait jamais dépenser plus que le nécessaire.

—Ne te préoccupe pas de ça ! Cela va être une des plus belles fêtes de notre vie. Ne regarde pas les prix, fais-toi plaisir et prends ce qui te plaira. Ton père et moi voulons que tu sois la plus belle et la plus heureuse des mariées.

Reconnaissante, Camille embrassa sa mère, sortit de chez elle, boulevard des Sablons à Neuilly-sur-Seine, puis prit le métro en direction de la rue du faubourg Saint-Honoré à Paris.

Lorsqu'elle entra dans la boutique *Á la belle mariée*, elle fut émerveillée par les modèles sublimes.

Une vendeuse se précipita aussitôt vers elle.

—Bonjour Mademoiselle, puis-je vous aider ?

Camille lui sourit.

—Bonjour, oui. J'ai rendez-vous ce matin pour voir vos modèles de robes de mariée.

—Avec plaisir ! Vous êtes Mademoiselle ?

—Camille Vincent.

La vendeuse regarda le planning des rendez-vous et confirma.

—Oui, c'est bien ça. Suivez-moi, l'invita-t-elle en la conduisant vers le rayon.

Dans la boutique, deux autres clientes regardaient les robes de soirée.

—Votre mère ne vous accompagne pas ? se renseigna-t-elle.

—Non, malheureusement elle n'a pas pu venir avec moi. Je vais déjà faire un repérage de vos modèles, ensuite on verra.

—Bien évidemment Mademoiselle, répondit la vendeuse en espérant réussir à convaincre sa cliente dès aujourd'hui. Nous travaillons en grande partie avec des robes faites sur mesures. Certains modèles sont exposés de ce côté-ci, d'autres sont dans notre catalogue et nos créateurs sont à votre disposition si vous souhaitez créer votre robe vous-même. Par-là, nous avons quelques modèles plus basiques et moins onéreux.

Camille regarda les robes que lui montra la vendeuse et fut immédiatement attirée par l'une d'entre elles. Un vrai coup de foudre ! Elle était réalisée en tulle de soie pailletée, sublimée d'une dentelle scintillante brodée sur le bustier. Cet effet cristallisé capturait la lumière en la transformant en une myriade d'étoiles mouvantes. Son col en cœur très élégant et son corsage à bretelles dégageaient un charme fou. Le dos attirait également l'attention avec son décolleté romantique en V et un subtil boutonnage à la taille. Cette robe enchanteresse révélait une mariée sensuelle ayant gardé son âme d'enfant.

—Celle-là est magnifique ! déclara-t-elle en l'examinant de plus près.

Satisfaite, la vendeuse enchaîna aussitôt.

—C'est l'une de nos plus belles créations. Je suis sûre qu'elle vous ira à merveille. Puis-je vous demander quel est votre budget ? Cette robe est l'une de nos plus chères, elle est unique.

Camille retourna l'étiquette, cinq mille euros. Aie ! Quand même ! Elle hésita. Il y avait encore le reste des accessoires à rajouter, la facture allait être salée. Elle regarda les autres robes, mais aucune ne lui plaisait autant que celle-là. Elle finit par craquer. Elle voulait que ce jour soit inoubliable, elle ferait un peu plus attention sur le prix des accessoires.

—Non, c'est ce modèle que je souhaite. Est-il possible de l'essayer ?

La vendeuse fut ravie et déshabilla aussitôt le mannequin.

—Tenez, la voici. Les cabines sont par-là, lui indiqua-t-elle. Dès que vous l'aurez passée, nous prendrons les mesures.

Camille se rendit dans l'une des cabines indiquées et enfila la robe avec l'aide de l'employée. Quand elle se regarda dans la glace, elle fut subjuguée, ses yeux brillèrent d'émotion. Elle se trouvait belle dedans. La vendeuse devait penser la même chose, car elle la contemplait avec admiration.

—Je n'ai qu'une chose à dire : vous êtes sublime, on dirait une princesse des contes de fées. Vous êtes grande, élégante, ce modèle est vraiment fait pour vous. Cette robe est un peu large, mais dans celle que nous vous ferons sur mesures, vous serez la plus belle !

Camille la gratifia d'un sourire, la vendeuse savait s'y prendre pour flatter ses clientes.

Cette dernière prit son mètre et son carnet pour noter les mesures de la future mariée.

— Nous partons sur le modèle « Kerlay » alors ? demanda-t-elle après avoir inscrit le nom et le prénom de sa cliente, ou vous préférez attendre l'avis de votre mère ?

— Je reviendrai avec elle demain, mais mon choix est fait, c'est celle-là que je veux !

— Pour ce qui est des accessoires, vous avez des idées ? se renseigna la vendeuse.

Camille avait déjà réfléchi, elle savait exactement ce qu'elle voulait.

— Oui, je souhaiterais également un chapeau, des gants, une paire de chaussures, une robe plus légère pour mettre après la cérémonie afin d'être plus à l'aise et des sous-vêtements.

— Très bien Mademoiselle ! Vu comme vous êtes organisée, je suppose que votre coiffure est déjà décidée ? C'est pour bien adapter au modèle du chapeau, expliqua cette dernière.

Camille avait de très jolis cheveux longs et blonds comme les épis de blé.

— Je vais les remonter au-dessus de la tête et les laisser retomber en anglaises.

— Je vois ce qu'il vous faut, déclara la vendeuse sans hésiter.

Après avoir choisi tout ce qui lui plaisait, Camille fit faire un devis, afin d'en parler avec ses parents le soir même et reconfirma le rendez-vous du lendemain avec sa mère.

— Ce sera possible ? se renseigna Camille.

— Bien évidemment Mademoiselle, confirma la vendeuse. Néanmoins, si vous souhaitez commander chez nous, ne tardez pas, car il faut au moins cinq à six mois pour la conception de la robe et tous les essayages, et votre mariage est prévu début août, m'avez-vous dit.

Camille sortit de la boutique les yeux pleins d'étoiles. On était au mois de mars, l'air était frais, mais il y avait un beau soleil, elle décida de ne pas rentrer tout de suite. Elle marcha jusqu'à la terrasse d'un café, s'y installa, profitant des rayons dorés de l'astre solaire, commanda un chocolat bien chaud et prit son téléphone.

—Allô Magali ? Tu es en cours ou en pause ?

—Allô ! répondit son amie. Je suis en pause, ça va ?

—Oui, confirma Camille tout excitée. Je viens d'aller choisir ma robe de mariage. Elle est trop belle !

À l'autre bout du fil, il y eut un bref instant de silence.

—Tu aurais pu me le dire que c'était aujourd'hui ! rouspéta cette dernière. Je serais venue avec toi, je suis quand même ta meilleure amie !

—Je sais, mais tu avais un cours ce matin, je ne voulais pas te déranger, se défendit Camille de son mieux.

—Mais je m'en fiche du cours ! Un cours, ça se rattrape. Je serais venue, point ! brailla Magali déçue.

—OK, ne t'énerve pas, c'est bon. Et puis toute seule, j'ai eu un coup de foudre pour LA robe qu'il me faut. Si tu étais venue et ma mère aussi, chacune de vous aurait donné des avis différents, j'aurais eu plus de mal à me décider.

—Ta mère n'est pas venue non plus ?

—Non, un rendez-vous de dernière minute. Du coup, je pense que cela a été très bien comme ça. Mais J'y retourne demain, cette fois-ci avec ma mère, tu peux venir si tu veux.

—Ah bah, je ne vais pas me faire prier. À quelle heure ? C'est à *La belle mariée* rue du faubourg Saint-Honoré ?

—Oui, c'est là. Pour l'heure, je te dirai ça dans la journée. À toute, bisous.

—Bisous, lui répondit Magali tout émoustillée.

Camille envoya ensuite un SMS à sa mère pour la prévenir du rendez-vous du lendemain puis rentra à la maison, elle devait travailler sur son mémoire de droit des affaires. Il lui restait deux mois avant la présentation de celui-ci.

En fin d'après-midi, elle appela Jérôme, son fiancé, jeune avocat de deux ans son aîné.

—Coucou, c'est moi !

—Coucou bébé, ça va ?

—Oui. J'ai une nouvelle à t'annoncer.

—Ah !?

—Ça y est, j'ai choisi ma robe, elle est splendide ! déclara Camille la voix chargée d'émotion.

—Super ! Je pourrai la voir ?

—Il n'en est pas question ! Il est interdit au marié de voir sa future épouse dans sa robe avant le mariage, ça porte malheur.

À l'autre bout du fil, Jérôme émit un petit rire.

—Tu crois vraiment à ça ? se moqua-t-il gentiment.

—J'y crois dur comme fer, confirma sa fiancée. Je veux un beau mariage qui dure. Est-ce que je t'ai demandé à voir ton costume ? Non, que je sache.

—Ce serait difficile, je ne l'ai pas encore acheté, rigola-t-il.

—N'empêche, insista la jeune femme. C'est mon souhait.

—Ok, ok, tu as raison mon bébé d'amour, ne te fâche pas ! Je vais devoir te laisser, j'ai un client qui vient juste d'arriver, déclara le jeune homme fraîchement diplômé en droit. On se rappelle ce soir ?

—Oui, à ce soir, bisous.

—Bisous.

Tout à son excitation, Camille n'avait pas beaucoup travaillé sur son mémoire. Elle s'y remit d'arrache-pied jusqu'au dîner. Elle tenait à terminer ses études avant son mariage.

Le soir, après confirmation avec sa mère, elle envoya un message à Magali l'informant de l'heure du rendez-vous puis appela son chéri avant de se coucher.

## Chapitre 3

Le lendemain lorsque Camille et sa mère arrivèrent devant la boutique, Magali les attendait déjà.

— Bonjour Madame Vincent, bonjour Camille, les salua-t-elle en les embrassant.

— Bonjour Magali.

— Salut ma vieille, l'embêta Camille.

Magali sourit, elle avait un an de plus que Camille et n'avait toujours pas de petit ami. Camille la taquinait souvent à cause de ça.

— C'est toi la vieille, tu vas devenir Madame !

Elles éclatèrent de rire toutes les trois de bon cœur.

— Allez, on y va les filles, proposa Claire.

Elles rentrèrent dans la boutique et furent reçues par la vendeuse de la veille qui reconnut immédiatement sa cliente.

Cette dernière les conduisit vers le rayon des robes de mariée et les pria d'attendre un instant. Claire et Magali regardaient autour d'elles les différents modèles tous plus beaux les uns que les autres. La vendeuse installa les deux accompagnatrices dans des fauteuils bien moelleux et se dirigea vers la cabine d'essayage dans laquelle l'attendait Camille. Elle l'aida à enfiler la robe, l'ajusta avec des épingles pour mettre en évidence la beauté du modèle sur le corps svelte de la jeune femme. Lorsque Camille sortit de derrière les rideaux comme une star de cinéma, ce fut la stupeur.

—Waouh ! fut tout ce que réussit à articuler Magali tandis que, les larmes aux yeux, Claire se précipita pour embrasser sa fille.

—Tu es époustouflante, ma chérie. Laisse-moi te regarder encore, lui demanda-t-elle en la faisant tournoyer. Tous les modèles exposés sont superbes, continua-t-elle, mais je pense que tu as fait le bon choix, celui-ci est fait pour toi, sans l'ombre d'un doute. Tu ressembles à une princesse de contes de fées.

—Oh oui, une très jolie princesse au grand cœur, rajouta Magali heureuse pour son amie. J'en bave ! Il faut que je me trouve rapidement un prince charmant, moi aussi !

Toutes trois rigolèrent de la tirade de cette dernière.

—Merci ! répondit Camille. Donc, c'est validé maman, je peux prendre celle-là ? Et pour le montant du devis, cela te convient ?

—Oui ma chérie, confirma sa mère, tu peux prendre celle-là. Et pour le devis, ne t'en fais pas, je te l'ai déjà dit, cela nous convient.

Trop contente, Camille leur montra ensuite les accessoires qu'elle avait choisis ainsi que la deuxième robe de soirée pour après la cérémonie, un magnifique fourreau écru. Après deux heures d'essayage, elles sortirent enfin de la boutique. Claire les invita à boire un café ou un chocolat et toutes trois se dirigèrent vers le petit café du coin.

Jusqu'au mariage, début août, le temps allait être long et court en même temps, il y avait tellement à faire ! Essayages, invitations, fleuriste, l'église. Le restaurant était déjà réservé, lui aussi, mais il fallait peaufiner le menu, le plan de table, etc., et bien sûr, la réussite de son examen. Elle avait hâte !

## Chapitre 4

Ce fut lors de l'un de ses essayages qu'il se produisit un événement qui chamboula la jeune femme. Tandis qu'elle était dans la cabine et enfilait sa robe pour les retouches, elle entendit une conversation qui attira son attention. Apparemment, une vieille femme venait d'entrer dans la boutique.

— Bonjour, lança la cliente d'une voix faible.

Habituées à recevoir des clientes d'un certain *standing*, les employées furent sidérées par la présence de cette femme dans leur magasin.

— Bonjour Madame, répondirent-elles néanmoins, n'osant pas s'approcher de trop près.

— Que vient faire cette femme ici ? murmura l'une d'elles à ses collègues.

—Tu as vu comme ses vêtements sont élimés ? Je n'oserais même pas lui faire essayer quoi que ce soit, déclara une autre.

Comme aucune des vendeuses ne s'était avancée vers elle, la vieille dame se dirigea vers les robes de cérémonie. Alors, l'une des employées décida de lui barrer la route.

—Que pouvons-nous faire pour vous ? Si c'est du travail que vous cherchez, nous n'avons pas besoin de femme de ménage.

La septuagénaire les rassura.

—Non, je souhaiterais acheter une robe de cérémonie. Ma petite fille se marie dans deux mois, je veux lui faire honneur !

La vendeuse qui lui avait répondu se retint de lui rire au nez avant de lui lancer sur un ton ironique :

—Je pense que vous n'êtes pas au bon endroit, Madame.

La cliente ne s'offusqua pas de la réponse et continua, sûre d'elle.

—Vous vendez bien des robes ?

Elle ouvrit son porte-monnaie et en retira une liasse d'argent.

—Voilà, il y a cinq cents euros. Je les ai économisés durant une année entière pour ce jour tant attendu.

Puis elle montra du doigt une robe avant de s'exclamer :

—Cette bleue me plaît beaucoup, pourrais-je l'essayer ? Il me faut aussi des chaussures.

—Oh non, pas celle-ci, jura la vendeuse entre les dents. Elle est beaucoup trop chère.

Cette fois, ce fut la gérante du magasin qui prit les choses en main.

—Excusez-moi Madame, mais ce modèle à lui seul coûte déjà huit cents euros. Malheureusement, nous n'avons aucune robe ni des chaussures dans votre budget.

La vieille dame fut surprise. Pour elle, c'était déjà une fortune. Elle resta un moment silencieuse tandis que ses yeux d'un bleu limpide s'embuaient. Elle avait l'air si fragile à ce moment-là ! Alors, d'une voix tremblante, elle déclara :

—Je vois ! C'est donc un magasin pour riches ou les gens modestes comme moi n'ont pas leur place.

Intéressée, Camille était sortie de sa cabine et assistait à cet échange. Touchée par l'immense déception de la septuagénaire et par son visage triste et ridé par les affres de la vie, son cœur se serra. Pourquoi certaines personnes ont-elles le droit de vivre dans l'opulence alors que d'autres bataillent toute leur vie pour une existence digne ? se questionna-t-elle. Elle trouvait cela injuste.

—Je suis désolée Madame, répondit poliment la gérante, mais effectivement il n'y a aucune robe pour vous ici.

Une larme qu'elle ne réussit pas à retenir roula sur son visage parcheminé.

—Je vous remercie, finit par déclarer la vieille dame d'une voix fluette avant de se diriger vers la sortie.

Sans savoir pourquoi, Camille intervint. Ce fut plus fort qu'elle.

—Madame, attendez ! lança-t-elle en s'avançant vers la cliente. Prenez cette jolie robe bleue qui vous plaît tant, je la paierai.

—Mais enfin Mademoiselle, intervint la responsable, vous ne devriez pas…, la boutique n'est pas…

Camille l'interrompit d'un geste de la main.

—Je la lui offre, rajoutez-la sur mon devis. Vous n'y voyez pas d'inconvénients, j'espère ? insista Camille.

Ne voulant pas perdre cette cliente importante, la responsable se résigna.

À cette proposition, la vieille dame s'arrêta net, se retourna et regarda Camille, stupéfaite.

—Vous allez être une très jolie mariée Mademoiselle, comme ma petite fille. Votre grand-mère doit également être fière de vous. Je vous remercie beaucoup pour votre générosité, mais je ne peux pas accepter, je ne pourrais pas vous rembourser.

Les vendeuses assistaient maintenant à cet échange en silence, estomaquées.

—Je vous en prie, acceptez, insista la jeune femme. Cela me fait plaisir et je ne veux pas de remboursement. Prenez la robe, choisissez des chaussures assorties, je m'occupe du reste. Vous savez, je n'ai pas de grand-mère.

—Mais comment pourrais-je vous remercier ? insista cette dernière gênée. Habituellement, personne n'avait pitié d'elle et là c'était un énorme cadeau.

Camille réfléchit un bref instant avant de déclarer :

—Il y a une chose qui me ferait plaisir ! Quand vous aurez enfilé votre robe, acceptez de prendre une photo avec moi, je la garderai en souvenir. Ce sera votre remboursement.

— Merci, murmura la vieille dame, les yeux humides de gratitude.

Tandis que bien malgré elle, la deuxième vendeuse daigna enfin s'occuper de la septuagénaire, l'autre employée, intriguée, questionna Camille :

— Pourquoi faites-vous ça ? Vous ne la connaissez même pas !

Camille la regarda droit dans les yeux avant de lui expliquer calmement :

— Mes parents m'ont dit d'acheter tout ce qui me ferait plaisir, le prix n'a donc aucune importance. Vous savez, j'aurais tellement aimé avoir ma grand-mère à mon mariage. Mais ce ne sera pas le cas. L'une d'elles, je ne l'ai pas connue et l'autre est décédée il y a un mois. J'aurais payé cher pour qu'elle soit là pour mon mariage. Si cette malheureuse femme est fière de sa petite fille et si malgré sa pauvreté elle veut se montrer digne ce jour-là, alors mille ou mille deux cents euros en plus ne seront rien dans mon budget, si c'est pour la félicité de ces deux femmes.

La vendeuse en resta comme deux ronds de flan. Jamais elle n'avait assisté à une pareille scène de générosité. Habituellement, leurs clientes étaient plutôt du genre caractériel, égoïstes, capricieuses, mais nullement généreuses envers les autres. Malgré elle, cet acte lui alla droit au cœur.

Avant de se déshabiller, Camille attendit que la vieille dame sorte de la cabine à son tour. Vêtue de sa jolie robe bleue et ses chaussures assorties, elle avait belle allure, son visage trahissait un tel bonheur lorsqu'elle se regarda dans la glace.

—Voilà, déclara Camille en prenant son portable et en s'avançant vers elle. Nous allons enfin pouvoir prendre cette photo. Puis elle cliqua sur le bouton. Le remboursement est fait. Je vous souhaite beaucoup de bonheur à vous et à votre petite-fille.

Les yeux de la septuagénaire se voilèrent à nouveau ; elle était émue par la gentillesse de cette jeune femme qu'elle ne connaissait pas. Puis elle se ressaisit :

—Je vous remercie de tout mon cœur. Que Dieu vous protège et vous accorde un merveilleux mariage, Mademoiselle...?

—Camille, je m'appelle Camille. Et vous ? se risqua-t-elle.

—Gisèle.

Puis sans que personne ne s'y attende, elle enlaça la jeune femme d'un geste tendre et maternel.

—Je n'oublierai jamais ce que vous avez fait pour moi, Camille, déclara la vieille femme avant de retourner auprès de l'employée pour la prise de mesures de sa robe.

Les vendeuses avaient assisté à toute la scène, médusées.

—Cela me fera combien en plus ? demanda Camille avant de retourner dans la cabine pour se changer.

La vendeuse regarda les étiquettes avant d'annoncer :

—Mille deux cents euros.

—Très bien, rajoutez sur ma note.

# Chapitre 5

Plus tard, lorsque Camille rentra chez elle, elle se sentait bien, rassérénée. Cette rencontre l'avait bouleversée. Elle prit son téléphone et regarda à nouveau la photo qu'elles avaient prise ensemble. Le visage de cette femme trahissait une telle bonté ! Cette fois-ci, ce fut elle qui eut les larmes aux yeux. Pour chasser sa mélancolie, elle se remit d'arrache-pied au travail sur son mémoire. Le lendemain, elle avait cours toute la journée et n'aurait pas le temps.

Le soir avant le dîner, elle annonça à ses parents qu'elle devait leur parler.

— Maman, papa, j'ai quelque chose à vous dire.

— Ce n'est rien de grave ? questionna aussitôt Claire en voyant son visage sérieux.

— Non, je ne pense pas. C'est au sujet de mon mariage.

Ses parents s'installèrent sur le canapé et attendirent, légèrement inquiets quand même.

—Voilà, la facture va être un peu plus élevée que prévu, j'y ai rajouté des achats pour un montant de mille deux cents euros.

Son père se détendit.

—Et c'est ça qui te tracasse ? Ta mère t'a déjà dit qu'il n'y avait pas de souci là-dessus.

—Oui je sais, mais... ce n'est pas pour moi !

Sa mère la regarda, perplexe.

—Comment ça ? questionna-t-elle. Tu as acheté des choses qui ne sont pas pour toi ?

Camille se tordit les mains, un peu gênée, mais assuma son acte.

—Oui, mais je vous rembourserai. Soit avec mes économies, soit avec mon premier salaire quand je débuterai mon travail chez Vindi.

Son père arqua le sourcil, intrigué par toute cette histoire.

—Mais peux-tu nous dire, à la fin, à qui tu as fait ce cadeau et pourquoi ?

—C'est pour Magali ? risqua sa mère.

Camille se décida enfin à tout leur expliquer.

Ses parents écoutèrent avec attention, ni l'un ni l'autre ne l'interrompirent.

—Vous comprenez, je n'ai pas pu résister. J'aurais tant donné pour que Mamie soit là le jour de mon mariage. Elle me manque tellement !

Cette histoire avait bouleversé ses parents, ils savaient combien Camille aimait sa grand-mère maternelle et combien elles étaient proches. Sa mère en avait même les larmes aux yeux.

—Tu as bien fait ma fille, finit par approuver son père. Ne t'inquiète pas pour ces mille deux cents euros. Tu n'as rien à nous rembourser.

Camille se jeta à leur cou.

—Merci papa, maman. Je vous adore !

Ses parents lui sourirent, fiers d'elle.

—J'ai l'intention de faire imprimer toutes les photos de mes essayages ainsi que celle que j'ai faite avec la dame que je rajouterai à l'album de mariage, les informa-t-elle contente de cette complicité qui l'unissait à ses parents.

Les semaines passèrent rapidement. Camille, avec l'accord de ses parents, n'avait pas pris le service *Mariage clé en main*, mais *Organisation à la carte*. Elle tenait à choisir elle-même certains de ses prestataires et notamment le lieu de l'achat de ses vêtements de mariée, la coiffeuse et maquilleuse ainsi que les faire-part. Elle devait jongler entre le planning de ses rendez-vous et la date de son examen qui approchait. Elle retourna encore deux fois dans la boutique pour les essayages, mais ne revit plus la vieille dame. Pourtant, au fond de son cœur, une petite flamme brûlait d'envie d'avoir de ses nouvelles.

## Chapitre 6

Vers la mi-mai, Camille, accompagnée de sa mère, se rendit *Á la belle mariée* pour son dernier essayage avec la totalité des accessoires.

—Bonjour, saluèrent-elles les vendeuses en rentrant dans la boutique.

—Bonjour mesdames, répondirent ces dernières tandis que celle qui s'était occupée de Camille venait à leur rencontre.

—C'est le grand jour aujourd'hui, tout doit être parfait. Venez, allons vérifier ça tout de suite.

Camille se dirigea vers la cabine tandis que l'employée allait chercher ses vêtements. Elle revint presque aussitôt et l'aida à enfiler le jupon et la robe. Puis Camille chaussa les escarpins, se coiffa du chapeau avant de s'approcher de l'immense glace pour y contempler sa silhouette. La vendeuse examina le vêtement sous toutes ses coutures pour s'assurer que rien ne gênait la mariée, puis lui demanda de faire quelques pas. Sous les yeux émerveillés de sa mère, Camille fit un aller-retour dans la boutique tandis que la traîne de sa robe glissait derrière elle.

—Je pense que c'est parfait, déclara la vendeuse satisfaite. Comment vous sentez-vous ? Êtes-vous à l'aise ?

—Je me sens super bien, confirma Camille. C'est comme si j'avais porté ça toute ma vie. Elle est légère, soyeuse. Vos couturières ont fait un excellent travail.

—Merci, répondit la vendeuse, oui, elles ont des doigts de fée. Elles se donnent beaucoup de mal afin que nos clientes soient satisfaites. Puisque tout vous convient, vous pouvez vous rhabiller, nous vous livrerons le tout dans la semaine.

Camille accepta, mais avant, elle devait immortaliser ce moment, c'était pour son album.

—Maman, peux-tu prendre une photo, s'il te plaît ? demanda-t-elle en tendant son téléphone à sa mère.

Celle-ci ne se fit pas prier. Click, click. Elle lui en prit plusieurs sous différents angles. Camille la remercia et fila se changer.

Pendant ce temps, la gérante du magasin préparait la facture. Au moment du paiement, Camille vérifia la note que leur tendait la vendeuse. En apercevant le montant de la robe et des chaussures qu'elle avait offertes à Gisèle, elle ne put s'empêcher de demander :

—Avez-vous revu la vieille dame de l'autre fois ?

— Juste une fois lorsqu'elle est revenue chercher sa tenue. Nous avons dû lui faire une petite retouche, elle était si maigre !

Camille ne dit rien, mais au fond d'elle, elle savait très bien que ces femmes ne comprenaient pas qu'elle ait fait un cadeau de cette valeur à une inconnue.

## Chapitre 7

Quand la fin du mois de mai arriva, Camille était prête et défendit avec succès son mémoire. Ses parents, Magali et Jérôme étaient venus la soutenir.

C'est donc chez Vindi, auprès de son père, qu'elle débuta dans la vie active début juin. Son travail lui plaisait, mais son mariage dans à peine deux mois la stressait et la déconcentrait. Pourtant il n'y avait pas de quoi, tout était pratiquement prêt.

Du côté de son fiancé, tout fonctionnait plutôt bien. Il avait pas mal de bagout et avait acquis quelques bons clients en peu de temps. Assez doué dans son domaine, il était voué à une belle carrière.

Pourtant, mi-juin, en fin de journée, un incident fit basculer leur quotidien. Camille venait de récupérer les photos de ses essayages qu'elle avait fait développer et qu'elle souhaitait plus tard insérer dans son album. Elle les montra à ses parents.

—Tenez, regardez, c'est la dame à qui j'ai offert la tenue de cérémonie ! informa Camille en leur faisant passer la photo qu'elle avait prise avec Gisèle.

Ses parents regardèrent avec attention.

—Elle m'a l'air d'être une brave femme, déclara sa mère. La robe qu'elle a choisie est très jolie.

—Fais voir, demanda Marc.

Il prit la photo et l'examina longuement avec intérêt. Camille le trouva même pâle d'un seul coup. Ces yeux, ce visage lui rappelaient quelqu'un de plus jeune qu'il avait vu également sur une photo.

—Sais-tu comment s'appelle ta protégée ? demanda-t-il à sa fille.

Bien qu'étonnée, celle-ci répondit :

—Gisèle, je crois.

—Tu connais son nom de famille ? insista ce dernier.

—Non, pourquoi ? C'est quoi ces questions ?

—Tu as toujours la photo sur ton portable ? questionna son père sans répondre à sa question. Tu peux me la montrer en l'agrandissant un peu.

Camille obéit. Son père regarda à nouveau, il semblait hypnotisé par ce visage. Ses mains tremblaient légèrement. La jeune femme regarda sa mère à la recherche d'explications, mais celle-ci haussa les épaules sans comprendre elle-même.

—Tu vas nous dire ce qu'il se passe à la fin ? s'énerva sa femme.

—J'ai l'impression de l'avoir déjà vue, mais je ne peux pas vous en dire plus tout de suite, il faut que je vérifie quelque chose d'abord. Camille, transfère-moi la photo, s'il te plaît.

—Oui, bien sûr.

—Merci.

Et sans plus d'explications, il annonça :

—Je vais aller me coucher, il est tard. Demain, je dois me lever de bonne heure.

Puis, comme toutes les deux le scrutaient curieusement, il rajouta néanmoins :

—Demain, vous aurez une explication.

Le jour qui suivit, il se leva très tôt, il était impatient de se rendre au siège de Vindi. Lorsqu'il rentra dans son bureau, il se dirigea vers une rangée d'étagères qui recouvraient entièrement le mur situé derrière son secrétaire. Il y prit une petite boîte et l'ouvrit fébrilement, comme si c'était un trésor fragile prêt à se casser. À l'intérieur se trouvait un exemplaire de son acte de naissance avec la reconnaissance de paternité, une photo et un minuscule bracelet en or. Il prit délicatement le cliché jauni, le regarda attentivement. Dessus se trouvaient un bébé et une belle jeune femme. Il la compara à la photo prise par Camille. La ressemblance était frappante. Elle avait les mêmes yeux d'un bleu limpide, les mêmes traits fins du visage, quoique marqué par les affres du temps, le même port altier. Puis il regarda à nouveau l'acte de naissance qu'il connaissait par cœur : Marc Grégorio Vincent, fils de Gisèle Grégorio et de Damien Vincent. Son père lui avait dit qu'elle était décédée. Lui aurait-il menti ? Serait-ce possible que ce soit elle ? se demanda-t-il en faisant les cent pas dans son bureau. Il voulait absolument y croire, il ne pouvait en être autrement. Il fallait qu'il tire cette histoire au clair et, pour cela, il n'y avait qu'un moyen : se confronter à son père. Il lui téléphona.

—Bonjour papa, ça va ?

—Bonjour mon fils, ça va et toi ?

Marc essaya de contrôler sa voix pour ne pas laisser transparaître son émotion mêlée de colère.

—Es-tu disponible dans la journée, j'aurais besoin de te parler.

Depuis que Damien avait confié la direction de l'entreprise à son fils, il ne s'y rendait que rarement pour quelques réunions importantes.

—Il y a un problème dans la société ?

Marc se racla la gorge.

—Non, pas du tout. C'est autre chose, mais qui a tout autant son importance. Tu peux te déplacer jusqu'ici ou veux-tu que je passe à la maison ?

—Non, je viendrai. Vers onze heures, ça te va ?

—C'est parfait, conclut son fils. Merci, à tout à l'heure.

—À tout à l'heure, fiston.

Il était encore tôt. Marc essaya de se concentrer sur son travail, mais les deux heures qu'il avait devant lui s'avérèrent bien difficiles. Quand enfin son père franchit la porte de son bureau, Marc était dans un tel état d'agitation que Damien en fut surpris.

— Que se passe-t-il ? C'est grave ? questionna-t-il en embrassant son fils.

— Ferme la porte et assieds-toi, s'il te plaît, ordonna ce dernier.

Son père obéit et attendit ce qui allait suivre.

N'y tenant plus, Marc alla droit au but.

— Tu m'as bien dit autrefois que ma mère était morte ?

Damien se hérissa, cette conversation allait être pénible. Il essaya de garder son calme.

— Oui. Nous n'avons plus jamais eu de ses nouvelles et avons conclu qu'elle était décédée.

Marc retint la colère qui le submergeait.

— Vous avez conclu ! Comment pouviez-vous en être sûrs ? Vous avez vérifié ? Il y a un acte de décès ?

Damien pâlit, il était au pied du mur. Il allait devoir expliquer des choses qu'il avait omises volontairement autrefois.

— Pourquoi cette question maintenant ? se défendit-il néanmoins.

Marc lui montra la photo qu'il avait dans son portable.

— Reconnais-tu cette femme ?

Damien se décomposa davantage, mais ne se démonta pas pour autant.

—Fais voir de plus près.

Son fils agrandit un peu plus. Son père regarda cette fois plus attentivement.

Est-ce possible que ce soit elle ? se dit-il intérieurement. Et pourquoi ma petite-fille est avec elle ?

—Son visage me dit quelque chose, finit-il par admettre sur un ton qui se voulait détaché.

Attentif à la moindre réaction de son géniteur, Marc comprit que ce dernier tournait autour du pot.

—Son visage te dit quelque chose ? insista Marc. Allons papa, pas de ça avec moi, plus maintenant. Le prénom de Gisèle doit sûrement te rappeler des souvenirs.

Voyant qu'il ne pouvait se défiler encore, il affronta son fils.

—Que veux-tu savoir exactement ?

—La vérité, répondit simplement Marc. Tu m'avais dit autrefois que ma mère était morte. Cinquante ans après, je vois la photo d'une femme dont les traits sont on ne peut plus ressemblants et dont le prénom est également Gisèle. Cela fait beaucoup de coïncidences, non ?

Damien souffla, découragé, il ne s'attendait pas au retour de cette histoire ancienne.

—Tu as raison, ta mère n'est pas décédée. Puisqu'elle t'a abandonné après ta naissance, elle était simplement morte pour nous.

En colère pour de bon cette fois, Marc réagit aussitôt.

—Dis plutôt que tu l'as obligée à m'abandonner avant de faire le nécessaire pour lui retirer la garde.

Damien fut surpris, il ne savait pas que son fils en connaissait autant sur sa naissance. Cette fois, il n'avait pas le choix, il devait jouer franc-jeu. Alors, d'une voix tremblante, il annonça :

—C'est vrai. Après avoir quitté Vindi, ta mère a trouvé un travail à temps partiel comme hôtesse dans un bar. Au bout de quelques mois de grossesse, elle a dû arrêter et s'est retrouvée au chômage. Elle avait une toute petite allocation ne lui permettant pas de vivre convenablement. Quand tu es né, je ne voulais pas que tu sois élevé dans la misère, j'ai souhaité te procurer une enfance heureuse.

—Heureuse ! Sans mère ! Pourquoi ne lui as-tu pas donné une pension alimentaire ? insista Marc. C'est la loi, non ? Cela aurait évité de lui retirer la garde ! J'aurais pu être aussi bien heureux dans un milieu modeste avec elle que dans un milieu riche avec toi.

—Je n'ai pas eu le choix, murmura ce dernier.

Marc se retenait pour ne pas crier.

—Pas le choix ! Pas le choix ! On a toujours le choix ! Tu aurais pu affronter grand-père. Crois-tu vraiment qu'il t'aurait déshérité ? Toi, son unique fils qui devait reprendre le flambeau de sa société ?

—Je ne sais pas, tu as sans doute raison. J'ai eu peur, je n'ai pas eu la force de lui faire face ! déclara péniblement Damien honteux de sa faiblesse. Ton grand-père était un homme très dur et persuasif. Il a toujours été autoritaire et a mené sa vie et l'entreprise d'une main de fer. Ta grand-mère a beaucoup souffert avec lui. Elle en est d'ailleurs morte de tristesse. Aujourd'hui, ils sont, tous les deux, ensemble là-haut, j'espère qu'elle lui aura pardonné.

Devant le mal-être de son père, Marc se calma.

—Écoute-moi papa, je vais faire aujourd'hui ce que tu n'as pas eu le courage de faire autrefois. Que tu sois d'accord ou pas, peu m'importe. Je vais retrouver cette femme et si réellement elle est ma mère, je vais la reconnaître comme telle et lui donner la place qu'elle aurait dû avoir dans la famille.

Damien se mura un instant dans le silence, il hésitait sur la démarche à suivre.

—Si c'est ton souhait, cherche-la. Maintenant, si ça ne te dérange pas, je m'en vais, j'ai besoin de m'éclaircir un peu les idées.

Quand son géniteur sortit, n'y tenant plus, Marc appela sa femme. Il devait lui raconter sa confrontation avec son père et ses soupçons sur la femme de la photo.

—Tu es sûr que c'est elle ? questionna Claire.

—Presque sûr ! répondit Marc excité.

—Comment vas-tu la retrouver juste avec un prénom ?

Son mari y avait déjà réfléchi.

—Camille a bien pris cette photo dans le magasin ou elle a acheté sa robe ? Nous pourrions nous y rendre demain matin. Ils ont peut-être une fiche avec les contacts des clients.

—J'en doute, répondit cette dernière, mais nous pouvons y aller si tu veux. Claire savait à quel point il avait souffert de l'absence de sa mère. Tu ne travailles pas demain ?

—Si, mais j'irai plus tard, je tiens à passer à la boutique d'abord.

—C'est Camille qui va être contente ! souligna sa mère. Mais avant de lui en parler, ne vaut-il pas mieux attendre d'en être sûr ?

—Tu as raison, confirma son mari. Allez, je te laisse, j'ai du travail. À ce soir, chérie.

—À ce soir.

## Chapitre 8

Le reste de la journée, pour Marc, fut long, tellement long. Le visage sur la photo l'obsédait. Le midi, il mangea peu ; l'après-midi, il eut bien du mal à se concentrer sur son travail.

Pendant que son fils s'impatientait, Damien avait pris une décision. Il se rendit dans le dix-huitième arrondissement de Paris. Il stationna près d'un vieil immeuble, monta les escaliers et frappa à une porte.

— J'arrive, cria une femme de l'intérieur.

Lorsqu'elle ouvrit la porte, elle fut stupéfaite.

— Damien ? Que fais-tu là ? Moi qui pensais ne plus jamais te revoir de ma vie ! lâcha-t-elle contrariée par la mauvaise surprise. Comment m'as-tu retrouvée ?

—Bonjour Gisèle, cela n'a pas d'importance. Ça fait longtemps que je sais que tu habites là. Je suis venu parce que j'ai quelque chose à te demander.

Cette dernière le regarda, outrée.

—Quelque chose à me demander ? Tu en as du culot ! Je ne te dois aucun service !

Damien ne tint pas compte de sa remarque et continua sur sa lancée.

—Marc a appris que tu es toujours vivante, il va tout faire pour te retrouver. Il ne vaut mieux pas !

—Pourquoi ? Tu as peur qu'il sache que sa mère est une ancienne détenue ? Et qu'elle vit dans la misère ? lui lança-t-elle à la figure. C'est un déshonneur pour la famille Vincent ? C'est ça ?

—C'est à peu près ça ! déclara-t-il sans état d'âme.

—Tu n'es vraiment qu'une ordure ! lui lança-t-elle à la figure. Mais si tu ne m'avais pas abandonnée, il y a cinquante ans, cela ne serait pas arrivé. Tu es en partie responsable de ma situation ! Franchement, tu n'as pas changé. Je vois qu'au moins notre fils est plus courageux que toi.

—Je voudrais que tu partes d'ici, insista Damien sans être ému par les paroles de Gisèle.

—Que je parte ! Que je parte d'ici ? C'est hors de question ! Je suis chez moi ici, je ne dois rien à personne. Nous n'avons plus rien à nous dire. Au revoir. Adieu plutôt, déclara-t-elle en lui fermant la porte au nez.

Damien la retint de son pied.

—Tiens, voici un chèque, dit-il en le lui tendant. Pars quelques mois, le temps que ça se tasse.

—Écoute-moi bien ? Damien. Je vais partir quelques semaines chez ma famille parce que je l'avais déjà prévu, mais sûrement pas parce que tu me le demandes. D'ailleurs, tu n'as rien à me demander, et ton argent, tu peux te le garder. J'ai réussi à survivre toutes ces années sans ton aide, je continuerai.

—Tu es toujours aussi fière, hein !

—Et toi, tu es toujours aussi lâche !

Et cette fois, elle claqua la porte.

Damien s'en alla, confus, mais en partant, il laissa le chèque dans la boîte à lettres de Gisèle.

Quand Marc rentra chez lui le soir, sa femme le trouva bien fatigué.

—Bonsoir Claire, la salua-t-il en l'embrassant tendrement.

—Bonsoir Chéri, tu as mauvaise mine, ça ne va pas ?

—Si, si. C'est juste que cette situation est un peu décourageante. Camille n'est pas là ?

—Non, ce soir elle dort chez son amie Magali, elles voulaient passer une soirée entre filles avant le mariage.

—Ah, OK, tant mieux. Nous serons plus tranquilles pour notre visite demain matin.

—Tu devrais quand même lui envoyer un SMS pour la prévenir que tu ne seras au bureau que l'après-midi, sinon elle va s'inquiéter, suggéra sa femme.

—Oui, tu as raison.

## Chapitre 9

Le lendemain matin, impatient, Marc se leva de bonne heure. Quand sa femme arriva dans la cuisine, le petit-déjeuner était déjà sur la table. Une bonne odeur de café et de tartines grillées régnait dans la pièce.

—Tu es déjà debout ? s'étonna Claire en l'embrassant.

—Je n'arrivais pas à dormir.

Sa femme sourit.

—Tu sais, il est encore tôt, le magasin n'est pas encore ouvert à cette heure-ci. Il n'ouvre qu'à dix-heures.

—Je sais ! dit-il penaud. Installe-toi, je vais te servir ton café.

Enfin, vers neuf heures trente, n'y tenant plus, ils montèrent en voiture en direction de *À la belle mariée*.

— Bonjour, lancèrent les Vincent en entrant dans la boutique.

— Bonjour, répondirent poliment les vendeuses. Que pouvons-nous pour vous ?

Marc sortit son portable et montra le cliché.

— Vous souvenez-vous de ces deux clientes ?

Ces dernières regardèrent et acquiescèrent. Celle qui s'était occupée de Camille enchaîna aussitôt, méfiante :

— Que leur voulez-vous, exactement ?

Claire intervint à son tour :

— Veuillez excuser mon mari, il est un peu nerveux. Nous sommes les parents de Camille Vincent, la jeune fille de la photo. Vous ne vous souvenez pas de moi ? Je suis venue avec elle une ou deux fois pour sa robe de mariée.

La vendeuse la regarda avec attention, elle ne pouvait pas se souvenir de toutes les clientes, mais la jeune fille, elle s'en souvenait très bien.

— C'est pour le mariage au mois d'août, si je m'en souviens bien. Il y a un problème sur la robe ? se renseigna l'employée. Si c'est pour une réclamation, je vais appeler ma responsable.

— Non pas du tout, la rassura Marc. Vous rappelez-vous de la femme qui est à côté de notre fille sur le cliché ?

— Comment ne pas m'en souvenir ? déclara l'employé. C'était une femme pauvrement vêtue qui avait économisé une année entière la modique somme de cinq cents euros afin d'acheter une tenue de cérémonie pour le mariage de sa petite-fille. Vous voyez, dit-elle en montrant la boutique d'un geste de la main, nous n'avons rien à ce prix-là ici.

— Oui, je l'ai remarqué.

— C'est alors que votre fille a décidé d'intervenir et de lui offrir ses achats, robe et chaussures.

— Oui, nous savons cela. Mais l'autre dame, savez-vous son nom ? Son adresse ? questionna-t-il fébrilement.

La vendeuse le toisa d'un air sévère.

— Nous n'avons pas pour habitude de donner des renseignements sur nos clientes, quelles qu'elles soient.

Claire vint à la rescousse de son mari, mais celui-ci ne lui laissa pas le temps de s'exprimer.

— Je vous en prie, implora-t-il, nous avons de bonnes raisons de croire que cette personne est un membre de notre famille disparu depuis près de cinquante ans. Nous n'avons aucune autre façon de le confirmer. Si elle vit dans la misère, nous voulons l'aider.

La vendeuse, qui avait été touchée par le geste de Camille, les regarda tous les deux avant de se décider.

— Attendez ici une minute, je vais voir auprès de ma responsable si c'est faisable.

Elle revint presque aussitôt avec un cahier à la main.

— Je suis désolée, le seul renseignement que nous ayons est son nom que nous avons noté pour les retouches. Nous n'avons ni son adresse ni son téléphone.

Marc fut déçu, il pensait en savoir plus. Déjà, il y aurait un nom.

—Elle s'appelle Gisèle Grégorio, continua la vendeuse.

À ces mots, le cœur de Marc s'emplit de joie.

—Merci Madame, vous me donnez un énorme espoir, déclara-t-il en lui serrant la main chaleureusement. Puis il se tourna vers sa femme et ne put s'empêcher de l'embrasser.

—Je suis sûr que c'est elle !

Avant de quitter le lieu, il posa une dernière question.

—Vous ne l'avez plus jamais revue dans le coin ?

—Non, jamais.

—Merci, au revoir, bonne journée.

—Au revoir, messieurs-dame.

Durant le trajet du retour, Marc et Claire discutèrent sur le moyen de la retrouver.

—Il faut qu'on apprenne la bonne nouvelle à Camille, déclara Marc. Je vais lui téléphoner pour lui proposer de venir déjeuner avec nous.

Son enthousiasme faisait plaisir à voir.

Vers douze heures trente, lorsque leur fille stationna devant la maison, Marc ne tenait plus en place.

Camille s'étonna de cette effervescence.

—Coucou, leur dit-elle en les embrassant. Que se passe-t-il ? Pourquoi ce repas à la maison en famille en plein milieu de la journée, il y a un problème ?

Ce fut Marc qui entama les explications.

—Assieds-toi, nous avons quelque chose à te dire. Tu te souviens de la photo que tu nous as montrée avec cette cliente à qui tu as payé les vêtements, et du comportement étrange que j'avais eu à ce moment-là ?

Camille se demanda ou il voulait en venir.

— Oui très bien, mais si c'est pour le remboursement, je le ferai, je m'y suis engagée.

— Non, tu n'y es pas du tout, la rassura-t-il. J'ai de bonnes raisons de croire que cette femme... est ma mère, Gisèle Grégorio.

Abasourdie, Camille resta muette un instant puis demanda :

— Comment sais-tu qu'elle s'appelle Gisèle Grégorio ? Je ne connaissais que son prénom.

— C'est la vendeuse de la boutique qui nous l'a dit, ta mère et moi y sommes allés ce matin.

Camille les regarda, interloquée.

— Vous êtes allées à *La belle Mariée* ?

— Oui, confirma-t-il toujours souriant.

À ce moment, un déclic se fit dans la tête de Camille.

— Attends, tu viens de dire que cette femme serait probablement ta mère ? Ça voudrait dire que...

— Qu'elle serait ta grand-mère, compléta sa mère.

Camille était sceptique. C'était quand même une drôle de coïncidence.

— Non ! Vous en êtes sûrs ? insista-t-elle, parce que juste un nom, ce n'est peut-être pas suffisant pour...

Son père ne la laissa pas finir.

— Oui c'est vrai, mais nous avons aussi cette photo, dit-il en sortant le vieux cliché, sur lequel il se trouvait avec sa mère, et le montra à sa fille. Compare les deux. Même s'il y a cinquante ans d'écart, elle a les mêmes yeux, les mêmes traits. Ce ne peut être qu'elle. D'ailleurs, ton grand-père m'a confirmé qu'elle n'était pas morte. Je veux la retrouver !

Camille se mura un instant dans le silence. Elle venait de perdre une grand-mère et voilà que le destin lui jouait des tours. La frénésie la gagna également.

—Alors, que fait-on maintenant pour la retrouver ? questionna-t-elle tout excitée.

—Avec ta mère, nous avons pensé mettre un avis de recherche dans le journal parisien.

—Oui, c'est pas mal, mais ce n'est peut-être pas suffisant. Je pourrais peut-être diffuser la photo également sur certains réseaux sociaux, proposa-t-elle.

Claire intervint à son tour.

—Oui, si tu veux. Par contre, c'est peut-être mieux que tu n'apparaisses pas sur la photo ni que tu mettes ton vrai nom et notre adresse. Je ne voudrais pas qu'on soit harcelé par des gens mal intentionnés. Tu peux couper la photo ?

—Oui, sans souci.

—Alors OK, on fait comme ça pour le moment, déclara son père. Allons déjeuner maintenant, nous avons du travail cet après-midi.

# Chapitre 10

L'après-midi fut assez agité. Marc et Camille n'avaient pas la tête au travail. Marc passa l'annonce dans le journal et Camille sur les réseaux sociaux. Puis, n'y tenant plus, cette dernière appela Jérôme.

— Allô !

— Allô, mon bébé d'amour. Ça va ?

Camille le laissa à peine parler, elle devait lui annoncer la nouvelle.

— J'ai quelque chose à te dire.

Jérôme s'inquiéta. Habituellement, sa chérie n'était pas si nerveuse.

— Que se passe-t-il ? Il est arrivé quelque chose de grave ?

—Non, le rassura cette dernière. C'est mieux que ça. Tu te souviens de la vieille dame avec qui j'ai pris un selfie dans la boutique de mariée ?

—Oui, tu m'as montré la photo.

—Eh bien, il y a de fortes chances que ce soit ma grand-mère paternelle, l'informa-t-elle très heureuse. Tu te rends compte ? Ma grand-mère !

—Quoi ?

—Oui, d'après son nom et son visage, mon père est convaincu que c'est elle.

—Oh la vache, ça, c'est une nouvelle ! Vous savez où elle habite ? Vous avez plus de renseignements ?

—Non, malheureusement. On vient de mettre un avis de recherche.

—Tu veux que je fasse intervenir mes réseaux également ?

—Oui, s'il te plaît, tu serais un amour.

Jérôme sourit.

—Oh, mais je le suis toujours, tu as des doutes ?

—Mais non, gros bêta, tu sais bien que tu es le meilleur fiancé du monde ! Bon, je te laisse !

—On se voit ce soir ? questionna ce dernier.

—Oui, comme prévu. Bisous.

—Bisous, mon chaton.

# Chapitre 11

Une semaine venait de s'écouler et, malgré la date du mariage qui approchait peu à peu, aucune bonne nouvelle ne vint égayer leur quotidien. Marc désespérait. Sa mère était sûrement là, à portée de main, et il ne savait pas où.

Pourtant, ce jour-là, un courrier au nom de l'entreprise Vindi allait tout chambouler. Il était adressé à Monsieur Damien Vincent.

Marc était arrivé au siège vers neuf heures ce matin-là. Il avait salué son personnel comme d'habitude puis s'était enfermé dans son bureau. Sa fille travaillait à l'extérieur aujourd'hui. Vers onze heures, sa secrétaire frappa à la porte.

—Entrez, Karen.

—Je vous apporte le courrier, Monsieur.

Marc y jeta un coup d'œil distrait, il s'en occuperait plus tard, il n'y avait pas grand-chose de spécial.

— C'est tout ce qu'il y a ? demanda-t-il néanmoins.

— Pour vous, oui. Il y a également un courrier pour votre père, je vais le déposer dans son casier.

— Non, donnez-le-moi, je le lui remettrai. Je ne pense pas qu'il vienne ici cette semaine.

Karen obéit et sortit.

Marc prit l'enveloppe, la posa sur le bureau et continua son travail. Vers midi, tandis qu'il s'apprêtait à aller déjeuner, il aperçut, tombé au sol, le courrier pour son père. Il se baissa pour le ramasser et, par habitude, le retourna pour voir l'expéditeur. Derrière, il y avait juste un nom sans adresse.

— C'est pas possible ! Non d'un chien, c'est quoi cette histoire !

Il regarda le cachet, le courrier avait été posté dans le 18ᵉ arrondissement de Paris.

D'une main tremblante, il ouvrit l'enveloppe.

À l'intérieur, il y avait un chèque signé de Damien Vincent au nom de Gisèle Grégorio. Cela ne pouvait signifier qu'une chose : son père savait ou était sa mère. Il pensait pourtant que celui-ci lui avait dit toute la vérité la dernière fois. Il avait encore menti ! Puisqu'il cherchait à tout prix à l'empêcher de retrouver sa mère, il la retrouverait sans lui. Si elle avait bien posté le courrier près de chez elle, il savait maintenant qu'elle habitait dans le 18ᵉ. Cela rendait les recherches un peu plus faciles. Il rangea le chèque dans un tiroir, il ne le remettrait pas à son père tout de suite, puis sortit déjeuner. En début d'après-midi, il pianota sur internet. Quand il trouva ce qu'il cherchait, il composa le numéro.

—Allô !

—Allô, oui, bonjour. Silvain Grassou à l'appareil.

—Bonjour, Marc Vincent. Je souhaiterais savoir si vous faites des recherches de personnes disparues ?

—Oui, c'est dans mes cordes, répondit l'inconnu au bout du fil.

—Seriez-vous disponible rapidement ? demanda Marc.

—Sans problèmes. Si vous le souhaitez, nous pouvons nous rencontrer en fin d'après-midi vers 17 heures.

—Ça me convient, confirma Marc.

—Vous avez mon adresse ? se renseigna le détective.

—Oui.

—Très bien, je vous dis donc à 17 heures. Au revoir, Monsieur.

—Au revoir.

Marc imprima le cliché, fit une photocopie de son extrait de naissance et, à l'heure indiquée, il se rendit au rendez-vous.

—Bonsoir.

—Bonsoir Monsieur Vincent, installez-vous. Alors, que puis-je pour vous ?

Marc sortit les éléments qu'il avait préparés et les donna au détective.

—Voilà, je recherche cette femme. Il me faut absolument son adresse.

L'homme regarda les documents avant de demander :

— Puis-je savoir pour quel motif ? Je ne veux pas me lancer dans quelque chose d'illégal.

— Bien sûr. Je pense que cette femme est ma mère, je ne l'ai pas connue, je souhaite la retrouver. Je ne sais pas grand-chose sur elle. Sur mon acte de naissance, il y a son nom et sa date de naissance. Je pense qu'elle habite dans le 18e arrondissement de Paris. Du moins, je l'espère, mais je n'en suis pas sûr !

— Très bien. Pour mes tarifs...

— Ne vous inquiétez pas de ça, le coupa Marc. Votre prix sera le mien.

Le soir, il fit part de sa trouvaille à sa femme et à sa fille. Il les informa également qu'il avait engagé un détective.

Camille n'en revenait pas.

— Comment ? s'insurgea-t-elle. Papy a toujours su ou vivait... grand-mère et n'a jamais voulu le dire. *(Tant qu'elle n'en était pas sûre, elle n'arrivait pas à dire Mamie).* C'est vraiment pas cool de sa part.

— En effet, continua Claire. Tous ces préjugés entre gens de classes sociales différentes qui ne peuvent se côtoyer commencent à me taper sur les nerfs.

Marc souffla. Son grand-père avait toujours été très rigide sur ce point et son père n'avait jamais eu assez de force de caractère pour le contredire. Mais pourquoi persistait-il de la sorte ?

—En tout cas, avec le détective, nous avons un atout supplémentaire pour la retrouver, affirma-t-il, confiant. Si mon père pense que nous n'allons pas réussir, il se trompe beaucoup.

# Chapitre 12

Le temps passait à une vitesse effrayante. On était déjà début juillet ; dans un mois, Camille allait se marier et toujours aucune piste concrète sur l'adresse de Gisèle. Si réellement c'était sa grand-mère, elle souhaitait tellement qu'elle puisse être présente le jour de la cérémonie ! Apparemment, elle devait habiter Paris, alors pourquoi ne la retrouvait-on pas ? À moins qu'elle ne soit partie habiter ailleurs après les noces de sa petite fille... Peu à peu, elle perdait espoir que son vœu se réalise.

Tandis que Camille désespérait toute seule dans son coin, Marc s'impatientait également. Il attendait une réponse du détective qui n'arrivait pas. Alors qu'exaspéré, il faisait les cent pas dans son bureau en soufflant, il reçut un appel qui vint à nouveau bousculer leur espérance.

— Allô, Monsieur Vincent ?

— Oui.

— Ici Sylvain Grassou.

— Oui, bonjour.

— Bonjour, j'ai de bonnes nouvelles pour vous.

— Vous avez retrouvé ma mère ?

— J'ai trouvé son domicile. Et d'après les documents de l'état civil, tout porte à croire que ce serait bien votre mère.

Ému, Marc resta silencieux un moment.

— Vous avez de quoi noter ? Je vais vous donner son adresse, continua le détective au bout du fil.

Marc prit un carnet et nota. Puis la relut à haute voix.

— C'est à Montmartre ça !

— Oui, confirma le détective.

— Merci beaucoup, c'est une excellente nouvelle. Je passerai demain vous régler et récupérer mes documents.

— OK, merci. Je compte sur vous.

Marc était aux anges. Après avoir raccroché, il ne put s'empêcher de téléphoner à sa femme.

— Allô Claire, chérie, j'ai une excellente nouvelle.

Voyant l'excitation de son mari, cette dernière comprit aussitôt.

— Tu sais où est ta mère ?

— Oui, j'ai son adresse. J'ai trop envie d'y aller cet après-midi. Pourrais-tu te libérer pour venir avec moi ?

Claire regarda son emploi du temps.

— Je pourrai, mais pas avant 15 heures. Ça ira ?

— Oui. Crois-tu que je doive également prévenir Camille ?

—Je pense qu'elle serait extrêmement contente, mais pourquoi ne pas attendre qu'on revienne ? Nous lui ferons la surprise ce soir ! proposa Claire.

—Tu as raison, attendons un peu. Je passe te chercher vers 15 heures, l'informa-t-il. À tout à l'heure.

—À tout à l'heure, bisous.

Ils raccrochèrent. Marc respira un grand coup. L'information allait être difficile à cacher à sa fille, il devrait faire un gros effort jusqu'au soir.

À quinze heures précises, il récupéra Claire puis ils se dirigèrent vers l'adresse indiquée. Marc était nerveux. Et si ce n'est pas elle ? se demandait-il anxieux. Non, c'est impossible ! Le détective lui avait confirmé que c'était bien elle. Une fois arrivé, il stationna devant un vieil immeuble de trois étages puis tous deux sortirent du véhicule. Marc regarda les noms et d'une main tremblante il sonna à l'interphone. Aucune réponse. Il sonna à nouveau, toujours rien. Pourtant le nom de Gisèle Grégorio était bien inscrit sur l'étiquette, troisième étage à droite.

—Elle est peut-être sortie ! constata Claire. Attendons un moment, nous verrons bien.

Ils s'installèrent dans la voiture et attendirent. Au bout d'une demi-heure, n'y tenant plus, Marc sortit à nouveau de son véhicule.

—Je vais sonner chez la voisine du premier, elle saura peut-être me renseigner.

Un instant plus tard, une dame vint à la fenêtre.

—Bonjour, que voulez-vous ?

—Bonjour Madame, pouvez-vous me confirmer que Madame Grégorio habite bien là ?

La voisine les regarda avec intérêt avant de répondre :

—Que lui voulez-vous ?

—Nous sommes de la famille et ne l'avons pas vue depuis longtemps.

Un peu plus rassurée, la femme se détendit puis leur annonça :

—Elle est partie.

Marc était dépité. Ce fut sa femme qui réagit en premier.

—Comment ça, elle est partie ? Elle n'habite plus ici ?

—Si, elle habite bien ici, mais je l'ai vue quitter l'immeuble il y a quelques jours avec une valise. Elle est sûrement partie en voyage.

—En voyage ? répondit Marc perplexe. Vous ne savez pas où ? Ou quand est-ce qu'elle revient ?

—Je ne sais pas quand elle revient, nous n'avons pas eu l'occasion d'en parler. Mais comme sa petite fille s'est mariée il n'y a pas très longtemps, elle est peut-être partie passer quelques jours chez sa fille.

—Vous savez où elle vit ? Comment elle s'appelle ? demanda gentiment Claire.

—Je crois qu'elle vit à Sassenage, une petite ville près de Grenoble, mais je n'ai pas son adresse ni son nom, désolée.

—Merci, répondirent en même temps Marc et sa femme.

Ils tournèrent le dos à leur interlocutrice et allaient partir lorsque Marc s'arrêta et sortit une photo de son portefeuille.

—C'est bien elle ? insista-t-il en la lui montrant.

—Oui, oui, c'est bien elle. C'est Gisèle Grégorio.

Marc la remercia à nouveau et monta dans sa voiture avec Claire. Il était découragé.

—Si près du but! C'est rageant! C'est comme si le sort s'acharnait sur nous. Que faisons-nous maintenant ?

Il était éreinté. Tout ce suspens le minait.

—Nous n'avons que deux solutions, répondit sa femme. Soit nous attendons qu'elle revienne, mais nous ne savons pas quand, cela risque d'être long, soit nous lançons des recherches sur Sassenage.

Marc souffla, il attendait tellement ce moment.

—T'inquiète pas, chéri, nous allons la retrouver. J'y crois de tout cœur. Je vais mettre une annonce sur Facebook en précisant que nous cherchons cette personne sur Sassenage. Je suis certaine que l'information sera relayée par beaucoup de monde. Mais pour ne pas que Camille tombe dessus, je vais me créer une nouvelle page avec un surnom. Heureusement que nous ne lui avons pas dit la vérité tout de suite. Vas-tu recontacter le détective ? questionna-t-elle.

—Non, pas dans l'immédiat, répondit-il. Je crois qu'il partait en vacances.

— Dans ce cas, nous n'avons plus qu'à attendre. De toute façon, c'est mort d'avance pour la date de l'évènement.
— Tu as raison, chérie.

# Chapitre 13

Deux semaines passèrent sans qu'aucune autre information ne vienne égayer leur quotidien. Ne sachant pas ce que ses parents avaient déjà appris par le détective, Camille demandait régulièrement à son père des nouvelles. Ce à quoi celui-ci répondait qu'il n'y avait rien de nouveau pour le moment. Dans un peu plus de quinze jours, elle aurait la bague au doigt, le stress ne cessait d'augmenter. Elle voulait que tout soit parfait, même si elle pressentait que son plus beau cadeau ne serait pas là ; elle en était presque convaincue à présent. C'était comme si cette femme s'était volatilisée. Elle se concentra sur son mariage. Au moins, que celui-ci soit réussi ! souhaitait-elle. Tout était prêt pour le jour J ; néanmoins, elle préféra passer en revue tous les points afin de s'assurer pour la énième fois que rien n'avait été oublié. Cela lui occupait l'esprit.

De leur côté, Claire et Marc n'avaient toujours eu aucun retour sur Facebook et commençaient à baisser les bras également, obligés de se concentrer maintenant sur la date de la cérémonie qui arrivait à grands pas. Il y avait énormément d'invités, rien ne devait être laissé au hasard. Ce serait un jour très important aussi bien pour eux que pour leur fille unique. Tant pis, ils s'attelleraient davantage aux recherches après.

Dans la semaine qui suivit, ils eurent un dernier rendez-vous avec tous les prestataires. Tout était millimétré, ils n'avaient aucun souci à se faire. Il ne leur restait plus qu'à attendre la dizaine de jours qui verraient Camille partir vers sa nouvelle vie. Très heureux, ils en avaient presque oublié la personne qui leur manquait. La météo avait également prévu d'être au beau fixe, la fête allait être grandiose.

Ce jeudi, alors que Claire travaillait seule à la maison sur un gros projet d'immeuble, un petit bip retentit sur son ordinateur indiquant qu'elle avait un message. Elle regarda, c'était sur Facebook. Elle cliqua sur Messenger et lut.

« Bonjour, j'ai vu votre avis de recherche, j'ai déjà croisé cette dame dans ma rue. Que lui voulez-vous exactement ? »

« Bonjour, nous souhaiterions la rencontrer, cela fait près de cinquante ans que sa famille ne l'a pas revue. »

« Je comprends, répondit l'auteur du message. Mais comme je ne vous connais pas, je ne peux pas vous donner l'adresse comme ça. Donnez-moi votre nom, je contacterai la dame. Si elle vous connaît et qu'elle accepte, je vous donnerai son adresse. »

« Merci, répondit Claire. Dites-lui que Camille, la jeune fille de la boutique de mariées, souhaiterait énormément la rencontrer. Mais je vous en prie, faites vite, s'il vous plaît, c'est urgent. »

« Très bien, je vais essayer de faire au mieux. »

Surprise, contente, Claire était néanmoins très agitée. Et si elle ne voulait pas qu'on donne son adresse ? Il faudrait encore attendre son retour à Paris. Elle décida de ne pas informer son mari tout de suite. Mieux valait attendre la réponse d'abord, pour qu'il ne soit pas encore plus déçu. Elle essaya donc de se concentrer sur son travail.

En milieu d'après-midi, tandis qu'elle s'apprêtait à éteindre son ordinateur pour sortir faire quelques courses, un nouveau bip la fit sursauter. C'était la réponse, elle en était sûre. D'une main tremblante, elle cliqua sur le message.

« Re bonjour, je suis passée chez la famille de cette dame, je lui ai posé la question. Elle a accepté. Voici donc son adresse : 16 rue du soleil couchant. Sassenage. Bonne journée. »

Claire était aux anges. Son mari et sa fille allaient être fous de joie.

« Merci beaucoup pour votre réactivité, vous nous rendez un très grand service. Bonne journée à vous. »

Cette fois, Claire ne se retint plus. Elle appela immédiatement son mari.

— Allô Marc !

— Coucou chérie, tout va bien ?

—Il faut que je te dise quelque chose, lui lança-t-elle d'une voix émue.

Marc eut peur, lui serait-il arrivé quelque chose ?

—Qu'y a-t-il ? Tu m'inquiètes.

—Nous avons réussi, chéri, nous avons réussi. J'ai l'adresse ! cria-t-elle au téléphone.

Un silence se fit à l'autre bout du fil.

—Non !

—Si !

Elle lui expliqua alors son échange.

—Quand partons-nous ? s'écria-t-il, incapable de retenir son excitation plus longtemps.

—Demain à la première heure, si tu veux, lui proposa sa femme complice. Et bien entendu, nous ne disons toujours rien à Camille pour le moment.

—Sûrement pas ! Même si cela me fait mal au cœur qu'elle soit triste. Mais je ne veux pas lui donner de faux espoir, ce serait encore plus difficile.

Le soir, quand Camille rentra à la maison après un dîner avec Jérôme, elle fut surprise de trouver un sac de voyage dans l'entrée.

—Bonsoir, quelqu'un part en voyage dans la maison ?

Claire regarda son mari avant de répondre.

—Je travaille sur un projet important à Grenoble. On m'a appelée dans l'après-midi. Il y a un problème sur le plan, je dois m'y rendre demain, sinon ils sont bloqués, mentit sa mère. Ton père m'a fait la surprise de m'accompagner. Au lieu d'y aller toute seule en TGV, nous irons tous les deux en voiture.

Camille les regarda, éberluée.

—Et vous comptez rentrer quand ? s'inquiéta-t-elle.

—Samedi soir ou au plus tard dimanche matin, l'informa son père.

—Vous n'avez pas oublié que je me marie dans huit jours ?

—Évidemment, répondit sa mère en la prenant par l'épaule pour la calmer. Tout va bien se passer, ne t'inquiète pas. Bien, allons nous coucher Marc, demain, debout à cinq heures. Bonne soirée, ma chérie.

—Bonne soirée, répondit cette dernière fatiguée.

## Chapitre 14

Le lendemain, Claire et Marc se levèrent très tôt comme prévu. Ils avaient six cents kilomètres à faire et même si leur voiture était puissante, il fallait faire attention sur la route. Pas question de prendre une amende ou d'avoir un accident.

Lorsqu'ils arrivèrent, il était près de midi. Marc était tellement impatient que sans attendre davantage, ils se dirigèrent vers l'adresse indiquée avant d'aller déjeuner. Une fois devant, il stationna et hésita.

— Crois-tu que nous serons bien reçus ? s'inquiéta-t-il.

— Il n'y a pas de raison si elle a accepté de donner son adresse ! l'encouragea sa femme.

Il se décida alors à sortir du véhicule, sa femme le suivit. Ils s'arrêtèrent devant la porte et sonnèrent. Une jeune fille vint leur ouvrir.

—Oui ? Vous désirez ?

Marc prit son courage à deux mains et se lança.

—Nous venons de la part de Camille et souhaiterions voir Gisèle Grégorio.

La jeune femme les regarda un instant puis appela sa grand-mère.

—Mamie, c'est pour toi.

Quand Gisèle arriva, elle fut surprise par la présence de ce couple.

—Qui êtes-vous ? Que voulez-vous ? les interrogea-t-elle.

—Nous venons de la part de Camille, commença Claire.

—Où est-elle ? demanda cette dernière, méfiante.

Marc se racla la gorge et termina.

—Nous sommes ses parents. Merci d'avoir accepté de nous donner l'adresse. Camille n'est pas au courant de notre rencontre, nous voulons lui faire une surprise. Il sortit la photo de sa poche et la lui montra. C'est bien vous, là, toutes les deux.

Gisèle reconnut aussitôt le cliché qu'elle trouvait d'ailleurs très réussi.

—Et vous voulez quoi exactement ? demanda-t-elle néanmoins soupçonneuse, pensant qu'ils venaient lui réclamer le montant dépensé par leur fille.

Marc était embêté, il ne savait pas comment engager la conversation sur sa naissance. Alors Claire qui ne supportait plus toutes ces cachotteries depuis des années lança le morceau. Cela ne servait à rien de tourner autour du pot. Ils étaient venus pour ça ! Plus ils attendraient, plus ce serait difficile.

— Mon mari s'appelle Marc Grégorio Vincent, cela vous dit quelque chose ? insista-t-elle. C'est votre fils et Camille votre petite-fille.

Marc eut le souffle coupé par la brusquerie de sa femme.

Gisèle le regarda fixement à la recherche d'une quelconque ressemblance, d'un possible mensonge. Indécise, elle se décida à répondre.

— Écoutez, j'ai accepté de donner mon adresse parce que je pensais que Camille me recherchait. Cela m'aurait fait plaisir de la voir. Mais vous, je ne sais pas d'où vous sortez, ce que vous cherchez exactement, mais si c'est de l'argent que vous essayez de me soutirer, vous faites fausse route. Je n'ai pas un rond. Maintenant, si vous voulez me laisser, je suis en vacances avec ma famille, je veux en profiter. Bonne journée.

La jeune femme qui n'avait pas voulu laisser sa grand-mère toute seule et assistait à toute la scène allait fermer la porte, quand Marc se souvint de quelque chose.

— Attendez ! J'ai des preuves de ce que nous venons de vous annoncer.

Il sortit alors de sa poche son extrait d'acte de naissance qu'il lui tendit ainsi que le petit bracelet en or.

En lisant le document et en regardant le bijou, Gisèle pâlit. Son visage se décomposa. Était-ce possible depuis toutes ces années ? Les larmes lui montèrent aux yeux.

— Je t'ai retrouvée en partie grâce au chèque que tu as renvoyé par courrier à mon père. Ensuite, j'ai fait des recherches, lui expliqua-t-il.

—Marc ? Marc... C'est ...bien toi ! murmura-t-elle d'une voix chevrotante.

Elle hésita. Elle avait envie de le serrer dans ses bras, mais n'osait pas, toutes ces années de séparation avaient coupé le lien maternel. Marc était tout aussi gêné. La pudeur l'empêchait de faire le moindre geste. Puis, ce fut plus fort qu'elle. Gisèle lui ouvrit les bras et il s'y blottit.

—Marc ! Mon fils ! Mon petit ! Comme tu m'as manqué !

Tout aussi ému, les yeux embrumés, Marc accepta cette étreinte qu'il avait tant désirée.

—Maman ! finit-il par dire d'une voix chargée d'émotion et de tendresse. Il avait du mal à prononcer ce mot qu'il n'avait jamais utilisé. Cela lui faisait tout drôle.

Ils restèrent un moment enlacés sans pouvoir parler. Puis Marc se dégagea doucement pour lui présenter sa femme.

—Voici Claire, mon épouse.

—Je suis enchantée, déclara cette dernière en embrassant à son tour sa belle-mère. Marc y tenait tellement.

—Enchantée également. Cela veut donc dire que Camille est ma...

—Ta petite-fille, oui, compléta Marc.

Gisèle regarda dans le vide comme si elle revoyait le visage de la jeune femme.

—Si belle et si généreuse ! murmura cette dernière d'un air triste.

Puis elle se ressaisit et les invita.

— Entrez, ne restez pas à la porte. Je vais vous présenter le reste de la famille, proposa-t-elle en tenant son fils par la main comme s'il était encore un petit garçon et qu'elle avait peur qu'il se perde. Déjà, voilà Audrey, ma petite-fille.

Cette dernière les salua amicalement à son tour, puis tous trois suivirent Gisèle dans le salon où se trouvaient deux adultes. Surpris, ces derniers se levèrent à la vue de ces inconnus et les saluèrent poliment. Gisèle fit les présentations.

— Voici Marie, ma fille, et Olivier, le mari de ma petite-fille.
— Enchantés, répondirent-ils.

Puis Gisèle présenta également Marc et Claire avant de lancer la bombe.

— Je ne vous ai jamais parlé de lui avant, mais Marc est... mon premier fils.

Marie regarda sa mère, ébahie.

— Tu avais un autre enfant et tu ne nous en as jamais parlé ? J'en reviens pas. Comment tu as fait toutes ces années pour cacher une chose pareille ?

Ne voulant pas répondre tout de suite à ce reproche, d'un geste de la main, Gisèle mit fin aux revendications de sa fille.

— Nous allions nous mettre à table, voulez-vous déjeuner avec nous ? proposa-t-elle.

Marc et Claire se regardèrent indécis.

— Nous ne voulons pas vous déranger, déclara ce dernier. Nous reviendrons cet après-midi. Maintenant que je t'ai retrouvée, maman, je ne vais pas te lâcher tout de suite, nous avons tellement de choses à nous dire !

— Vous savez, nous ne sommes pas riches, mais nous avons assez pour tout le monde, intervint Marie.

Mais Marc préféra refuser, il n'y avait pas encore suffisamment d'affinités entre eux pour qu'ils se sentent à l'aise à table tous ensemble.

— Je vous remercie de tout cœur, c'est vraiment gentil, mais nous devons passer à l'hôtel déposer nos affaires et confirmer notre nuitée, nous restons jusqu'à demain. Nous en profiterons pour manger sur place, s'excusa Claire venant à la rescousse de son mari.

— Alors, venez boire le café avec nous ! proposa Marie. J'ai fait un délicieux gâteau de ma spécialité.

— Très bien, répondit Marc. Dans ce cas, nous acceptons avec plaisir.

# Chapitre 15

Après le déjeuner, Marc et Claire étaient impatients de revoir Gisèle. Comme l'hôtel n'était pas très loin, ils s'y rendirent à pied.

— Tu crois qu'elle acceptera de venir au mariage ? demanda Marc.

— Je ne sais pas, mais je pense que oui. Elle a l'air d'apprécier Camille et elle sait à quel point cela lui ferait plaisir, le rassura sa femme.

— Penses-tu que nous devrions inviter le reste de sa famille ? continua ce dernier.

— Au cas où tu n'aurais pas saisi, lui rappela Claire, Marie est ta demi-sœur. Je pense que ce serait bien de les inviter tous. De plus, Audrey est une jeune mariée, Camille et elle devraient bien s'entendre.

—Tu as raison, confirma son mari. Mais tout ça est tellement nouveau, j'ai encore du mal à m'y faire.

Lorsqu'ils arrivèrent, Gisèle et les siens les attendaient.

—Entrez, asseyez-vous, leur proposa celle-ci en les conduisant dans la salle à manger.

Ils s'installèrent, un peu intimidés. Cinquante ans, ce n'est pas rien !

Ce fut Audrey qui coupa le silence qui s'était installé.

—Qui boit du café ?

Ils levèrent tous le doigt.

—Tout le monde, quoi.

Elle partit vers la cuisine, sa mère sur les talons. Celle-ci revint aussitôt avec des assiettes et le gâteau. Pendant ce temps, Marc qui avait beaucoup de questions à poser à sa mère cherchait comment lancer la conversation.

—Papa m'a raconté à peu près ce qui s'était passé entre vous, mais j'aimerais avoir ta version.

Gisèle le regarda de ses yeux bleus limpides, hésita, puis se décida.

—Que t'a raconté ton père exactement ?

Marc aurait préféré entendre la version de sa mère, mais il répondit.

—Que tu travaillais avec mon père. Que vous avez eu une liaison. Mon grand-père était contre cette relation, il t'a virée. Puis il a obligé mon père à récupérer ma garde totale et a fait son possible pour t'éloigner de notre vie.

Gisèle écouta sans rien dire.

— Oui, c'est à peu près ça.

Néanmoins, Marc était ennuyé, il y avait une question qui le turlupinait, il devait la poser.

— Mais pourquoi… n'as-tu jamais cherché à me revoir ?

— Quand tu étais enfant, il m'a toujours été impossible de te voir. Ton père et ton grand-père s'y opposaient. Puis, tu es parti étudier à l'étranger. Et quand tu es devenu un homme, je n'ai plus osé, il y avait désormais un énorme fossé entre nous. Mais n'en parlons plus puisque tu m'as retrouvée.

— Maman, je souhaiterais te demander quelque chose d'important pour nous et pour Camille.

— Oui, je t'écoute.

— Camille a perdu sa grand-mère maternelle, il y a quelques mois. Elle serait la plus heureuse des mariées si tu acceptais de venir à son mariage. Et bien sûr, le reste de la famille aussi, déclara-t-il en se tournant vers les autres.

Gisèle resta un moment silencieuse, pesant le pour et le contre, avant de se décider.

— Je suis désolée Marc, mais je crains que ce ne soit pas possible.

Marc fut surpris, il ne s'attendait pas à cette réponse.

— Mais pourquoi ? insista-t-il. S'il y a une raison particulière, je veux le savoir. C'est à cause de mon père ?

Marie et Audrey se regardèrent tandis que les lèvres de Gisèle tremblaient.

— C'est pour les mêmes raisons qui m'ont empêchée de chercher à te voir.

Son fils n'y comprenait plus rien.

—Mais tu m'as dit tout à l'heure que...

Gisèle ne le laissa pas finir, il fallait qu'il sache une fois pour toutes, ça éviterait d'autres déceptions.

—Je suis... une ancienne détenue, Marc, finit-elle par avouer dans un souffle à peine audible, avant de rajouter plus fort : il est hors de question que je gâche cette belle journée.

—Maman, tu crois que c'est le moment d'en parler maintenant, intervint Marie qui voulait que cette première rencontre se passe bien.

—Oui, il le faut ! Il vaut mieux crever l'abcès tout de suite. Cela a duré trop longtemps.

Ne s'attendant pas à cette révélation, Marc en eut le souffle coupé. Pendant un instant, il ne sut que répondre.

—Tu as tué quelqu'un ?

Sa mère fut outrée par cette question.

—Mais non ! Bien sûr que non ! Je ne suis pas une criminelle.

Personne d'autre dans le salon n'osait intervenir ; ils écoutaient la conversation qui ne semblait appartenir qu'à eux deux.

—Alors, explique-moi, demanda son fils. Tu as blessé quelqu'un ?

Gisèle se lança alors.

—Après avoir été virée de Vindi, étant enceinte, je n'ai travaillé que quelques mois, puis je me suis retrouvée au chômage avec une toute petite allocation me permettant à peine de vivre. Après l'accouchement, lorsque ton père m'a retiré ta garde, j'ai été embauchée, à mi-temps, comme serveuse dans un café. J'ai galéré financièrement jusqu'au jour où j'ai rencontré le père de Marie. Il passait ses journées au café. Nous nous sommes mis ensemble peu de temps après notre première rencontre. Il me faisait souvent de très beaux cadeaux. J'ai vite remarqué qu'il avait toujours de l'argent alors qu'il ne travaillait pas, cela m'a intriguée. Je lui ai posé la question, il m'a dit que c'étaient ses affaires, de ne pas m'en mêler. Le principal était que j'ai de quoi vivre convenablement. Et puis, un jour, j'ai vu ce qu'il cachait, mais je n'ai rien dit, j'ai eu trop peur. Un après-midi alors que j'étais seule à la maison, la police est venue faire une perquisition. Les agents m'ont demandé où était mon compagnon et où nous cachions la marchandise. J'ai fait semblant de ne pas savoir de quoi ils parlaient. Ils ont fouillé l'appartement de fond en comble avant de trouver une grosse somme d'argent, des bijoux et un peu de drogue. J'ai appris plus tard que ce n'était qu'une toute petite partie du recel. Mon ex-compagnon avait réussi à prendre la fuite en m'abandonnant enceinte et en emportant avec lui la plus grosse partie du butin. J'ai été condamnée pour complicité. Heureusement, grâce à l'aide de mon avocate qui m'a défendue becs et ongles pour prouver mon innocence, je n'ai écopé que d'une peine minime. J'ai pu sortir juste à temps pour la naissance de ma fille, afin d'accoucher à l'extérieur du milieu carcéral. J'ai dû également payer une amende pendant des années. De plus, avec un casier judiciaire, trouver un travail n'a pas été des plus facile. L'affaire est parue dans les journaux avec ma photo. Voilà, le récit de ma vie ! conclut-elle sur un ton amer.

Pour les proches de Gisèle, ce n'était pas une nouveauté, ils connaissaient toute l'histoire, mais pour Marc et sa femme, ce fut un choc. Claire en avait les larmes aux yeux. Elle prenait conscience de la souffrance éprouvée toute sa vie par cette femme. Après un moment de silence, Marc réagit et, d'un geste protecteur, enlaça sa mère.

— Et alors ? lâcha-t-il en proie à une fièvre nouvelle. Je m'en fiche que tu aies fait de la prison. Complice ou pas, tu es ma mère. Tu n'as tué personne, tu as payé pour une chose que tu n'as pas commise. J'estime que tu n'as rien à te reprocher. Et pour ma part, je souhaite que tu prennes la place qui te revient au sein de la famille Vincent. Au sein de ma famille.

L'émotion était à présent au paroxysme, tout le monde avait les larmes au bord des yeux.

— Je suis entièrement d'accord, approuva Claire en se reprenant. Venez au mariage, cela nous fera extrêmement plaisir ! proposa-t-elle. L'invitation vaut aussi pour vous, ajouta-t-elle en faisant un geste en direction des autres. Il est temps que la famille soit réunie et que nous rattrapions le temps perdu !

— Avec plaisir ! approuvèrent aussitôt Marie et sa fille qui avaient déjà adopté le couple.

Mais Gisèle ne le voyait pas comme ça. Elle n'était pas prête.

—Je ne peux pas. Damien ne serait pas content. Je ne veux pas que vous ayez honte de moi devant les invités. On pourrait me reconnaître, argumenta-t-elle. Et vous aussi, je vous déconseille d'y aller, déclara-t-elle à l'attention des siens.

—Pourquoi ? insista Audrey.

—Ce sera un mariage bourgeois ! lâcha Gisèle. Vous vous voyez avec vos petits costumes, là-bas ! Nous n'avons pas les moyens de faire bonne figure auprès de leurs invités.

Un peu honteuses, Audrey et sa mère ne répondirent pas. De son côté, Olivier préféra ne pas se mêler de la conversation. Il se rangerait à l'avis de son épouse.

—Si ce n'est que ça, cela peut s'arranger. J'ai ici le chèque de dix mille euros que mon père t'a fait et qu'apparemment tu as refusé, puisque tu lui as renvoyé. Je vous le laisse, servez-vous-en. Il lui tendit le chèque, mais cette dernière déclina l'offre.

—Faites ce que vous voulez ! déclara Gisèle à l'attention des siens, mais pour ma part, je n'irai pas, s'entêta-t-elle.

—Bah si tu n'y vas pas, nous non plus, conclut Marie déçue.

Marc et Claire insistèrent auprès de la septuagénaire, mais rien n'y fit.

—Nous nous reverrons quand même à Paris ? demanda-t-il alors à la recherche de réconfort.

—Oui, si tu le souhaites.

—Bien sûr ! répondit son fils en se levant suivi de sa femme. Dans ce cas, nous allons vous laisser. Nous partirons demain très tôt. Tiens, je te laisse ma carte avec mon numéro de téléphone, dès que tu seras rentrée, appelle-moi, s'il te plaît.

Gisèle prit la carte et la posa sur le meuble près du téléphone.

—Et si vous souhaitez tous venir passer quelques jours de vacances avec nous dans notre maison de campagne, cela nous ferait vraiment très plaisir. Nous aurons ainsi l'occasion de faire plus ample connaissance. Nous y serons la dernière quinzaine d'août, lorsque Camille sera rentrée de son voyage de noces.

Marie les remercia et promit d'en discuter avec le reste de famille.

—Moi ou Audrey, nous vous appellerons pour confirmer dès que possible.

Ils se saluèrent ensuite avant que Gisèle ne les accompagne jusqu'à l'entrée.

—Votre visite a été une merveilleuse surprise pour moi. Merci d'avoir fait le premier pas, déclara la vieille femme en prenant son fils dans ses bras.

Puis, tandis que Gisèle embrassait également Claire en leur ouvrant la porte, Marc remit discrètement le chèque à Audrey.

—Tu es sûre pour le mariage ? insista une dernière fois son fils. Camille serait aux anges.

Sa mère le regarda tristement, mais ne changea pas d'avis.

—Je suis désolée...

—Alors, à bientôt ! lança Marc en lui faisant un geste de la main.

—Oui, à bientôt.

## Chapitre 16

Marc et Claire profitèrent du reste de l'après-midi pour visiter la région. Le soleil était au beau fixe en ce mois de juillet et les journées étaient longues. Étant donné qu'ils avaient laissé leur voiture sur le parking de l'hôtel, ils prirent le tramway jusqu'à Grenoble. Une fois sur place, ils se dirigèrent vers le téléphérique de la ville, l'un des premiers téléphériques urbains au monde, permettant d'accéder à la Bastille, fort militaire édifié au XIXe siècle. Érigé sur une colline, il surplombe l'agglomération grenobloise et est l'un des sites touristiques de la ville.

Au fur et à mesure de leur montée à bord de ces bulles translucides, Claire et Marc admiraient le paysage. En contrebas, l'Isère traversait l'immense ville de Grenoble et suivait tranquillement son cours. Une fois là-haut, le panorama était à couper le souffle. D'un côté la ville, de l'autre la Chartreuse. Installée sur le toit de la gare supérieure du téléphérique, une webcam offrait, toutes les vingt minutes, aux internautes une photographie panoramique de 220° de la ville.

— C'est magnifique ! déclara Claire en prenant son téléphone. Elle devait immortaliser leur visite en prenant des photos. Quelques jours de vacances ici me tenteraient bien, ajouta-t-elle.

— Je suis de ton avis, confirma Marc. Pourquoi ne pas tenter de revenir en hiver ? Cela doit être sympa également.

— Je suis entièrement d'accord, répondit Claire le sourire aux lèvres.

Comme il faisait chaud, ils décidèrent de visiter le fort ; à l'intérieur, l'air était frais. Ils terminèrent leur visite en dégustant une énorme glace avant de redescendre par les sentiers pédestres. Bien qu'assez sportifs tous les deux, certains sentiers étaient néanmoins escarpés et cailouteux favorisant le risque de chutes. Heureusement, à certains endroits, il avait été prévu des escaliers.

Une fois en bas, comme il était encore un peu tôt pour se rendre à l'hôtel, ils firent un petit tour de la ville main dans la main en amoureux.

Même s'ils étaient contrariés par le refus de Gisèle, ce petit voyage leur avait fait du bien.

Le lendemain, ils se levèrent de bonne heure. Après avoir dégusté un bon petit-déjeuner, ils prirent la route, ils avaient six cents kilomètres à avaler. Ils s'arrêtèrent encore deux fois pour des achats de produits locaux et pour déjeuner avant leur point d'arrivée.

En milieu d'après-midi, ils rentraient enfin à la maison, Camille était sortie.

—Je suis fatiguée ! se plaignit Claire. C'était un peu court pour tant de kilomètres.

—Je suis du même avis, souffla Marc en se laissant tomber sur le canapé.

—Je pense que pour ce soir je vais commander des pizzas, je n'ai pas le courage de faire à manger. Ça te va ?

—Oui, ça ira, ne t'en fais pas. Nous avons bien fait de ne rien dire à Camille, continua-t-il. Elle serait encore plus déçue. Cela m'aurait fait tellement plaisir de lui faire la surprise, mais tant pis.

—Ne t'en fais pas, déclara sa femme en l'embrassant, elle aura l'occasion de la revoir après. En attendant, je vais lui dire que le détective n'a rien de concret pour le moment.

## Chapitre 17

Cette dernière semaine avant l'événement tant attendu, Claire et Marc eurent du mal à se concentrer sur leur travail respectif tandis que Camille et Jérôme avaient pris la semaine pour aménager leur petit nid douillet.

—Bientôt nous serons chez nous ! déclara le futur marié satisfait de la tournure que prenait l'endroit. Je pense que nous avons réussi la décoration et c'est grâce à toi, chaton, lui souffla-t-il au creux du cou.

Elle sourit et se lova dans ses bras.

—Oui, c'est vrai, j'en suis assez contente, concéda-t-elle. Je suis sur un petit nuage. J'espère que tout se passera bien jusqu'au bout.

Son chéri la serra contre lui, lui caressa les cheveux, puis l'embrassa.

—Il n'y a pas de raison, la rassura ce dernier. Tout est planifié, l'agencement de la maison est pratiquement terminé, il ne reste plus que quelques meubles qui doivent arriver demain. D'ailleurs, en parlant de meubles, dommage que le lit ne soit pas encore là, j'aurais bien voulu y faire un petit tour, lança-t-il en lui faisant un clin d'œil.

Camille sentit se durcir contre elle l'envie pressante de Jérôme et d'un air coquin lui souffla :

—Tu sais, on peut se passer de lit !

Elle n'eut pas besoin de le lui dire deux fois.

Ce fut donc ainsi, amoureux et passionnés, entre rigolades, petits plaisirs, travail et décoration, que la semaine se passa pour les deux tourtereaux. Le jeudi soir, ils se dirent au revoir tendrement. Il était prévu qu'ils ne se voient que le jour de la cérémonie.

# Chapitre 18

Le vendredi matin, la veille du mariage, Claire était seule à la maison. Camille était chez l'esthéticienne et Marc chez le coiffeur ; elle, elle irait dans l'après-midi. Tandis qu'elle préparait les vêtements de cérémonie pour le lendemain, elle reçut un coup de fil inattendu qui la laissa perplexe. Elle l'avait espéré de tout cœur sans vraiment y croire. Elle se demanda si elle devait partager ou garder cette information pour elle. Elle hésita un instant avant de prendre sa décision, elle ne dirait rien. Pour cela, elle devait s'efforcer de rester transparente.

Quand son mari rentra, elle était dans la cuisine et préparait le repas.

— Hum, ça sent bon ! lui lança Marc en la rejoignant. J'ai une faim de loup. Il y avait du monde chez le coiffeur, j'ai cru que je n'allais jamais en sortir. Camille n'est pas encore rentrée ?

—Elle ne devrait pas tarder. Tu ne veux pas mettre le couvert en attendant ? lui demanda-t-elle avec son plus beau sourire.

Une demi-heure plus tard, ils étaient tous les trois à table.

—Qu'avez-vous prévu de faire cet après-midi ? demanda Claire.

—Pour ma part, je vais me reposer un peu et vers quatre heures je vais avec Magali boire un café sur les Champs Élysées, déclara Camille.

—Moi j'ai deux/trois clients à contacter, ensuite je m'occuperai du nettoyage de la voiture. Je ferai la décoration demain matin, informa Marc.

Claire les regarda tous les deux avant de proposer :

—Étant donné qu'on va être occupé tous les trois, si on allait manger au resto ce soir ?

Marc approuva aussitôt.

—C'est une excellente idée. C'est notre dernier repas, seuls avec notre princesse.

Camille sourit émue.

—Papa ! N'importe quoi ! Tu sais très bien que nous aurons d'autres occasions de manger tous les trois ensemble !

—Oui, mais ce ne sera plus la même chose !

Camille se leva, s'assit sur les genoux de son père comme quand elle était petite fille et l'embrassa sur la joue.

—Oh, mon papounet adoré !

Claire sourit et vint se joindre à eux.

—Il y a une petite place pour moi sur l'autre cuisse ?

—Évidemment !

Et tous trois rigolèrent, complices.

Un peu avant l'heure prévue, Magali arriva chez Camille.

—Salut, ma Vieille.

—Salut, future Madame. On peut y aller ? blagua-t-elle en embrassant son amie.

Camille prit son sac et toutes deux sortirent en direction du métro. Quelques stations plus tard, elles se retrouvèrent sur les Champs Élysées.

—Alors, prête pour demain ? questionna Magali.

—Oui, prête et heureuse, confirma cette dernière souriante.

—Cela va être une très belle fête, déclara son amie. La coiffeuse et la maquilleuse viennent demain matin ?

—Oui, il va falloir que je me lève de bonne heure.

—Il faut souffrir pour être belle, plaisanta Magali.

—Ça ira, de toute façon, je me coucherai de bonne heure ce soir.

Tout en discutant, elles arrivèrent devant leur café préféré et s'installèrent à la terrasse.

—Chaud ou froid pour toi ? demanda Camille.

—J'étais partie pour un café, mais vu la chaleur qu'il fait, ce sera froid. J'ai bien envie d'un Vittel menthe.

—Tien, moi aussi.

Il y avait du monde, elles attendirent un moment que le serveur arrive.

—Bonjour Mesdemoiselles, ce sera ?

—Bonjour, deux Vittel menthe bien frais, s'il vous plaît, commanda Camille.

L'employé nota et partit chercher les boissons.

Tout proches, assis à une autre table, deux hommes les regardaient avec insistance. Camille leur sourit, profitant de ses derniers moments de célibataire avant de se recentrer sur son amie.

—Tu viendras me rendre visite de temps en temps ? questionna-t-elle soucieuse de perdre leur complicité.

—Si tu m'invites, je ne me ferai pas prier, je serai là, la rassura celle-ci.

Camille sourit et lui ébouriffa les cheveux.

—J'espère bien !

La chaleur devenait de plus en plus accablante. Elles vidèrent leur verre presque d'un coup sec. Heureusement que ce n'était pas de l'alcool.

—Waouh, ça fait du bien ! déclara Magali avant de s'apercevoir à son tour du regard des deux clients.

Elle fit un signe de tête à Camille, puis murmura :

—Qu'est-ce qu'ils veulent ces deux-là d'après toi ?

Camille répondit sans même regarder :

—Je crois qu'il est temps qu'on s'en aille. Je n'ai pas envie qu'ils viennent nous coller au cul.

Son amie approuva.

—Tu as raison, allons-nous-en. Je n'aime pas leur petit air pervers.

Elles quittèrent le café bras dessus, bras dessous avant de visiter quelques boutiques sur leur chemin. Lorsque Camille consulta sa montre, elle jugea qu'il était l'heure de rentrer.

—À demain, ma belle.

—À demain, Magali, et sois là à l'heure demain, lui recommanda la future mariée.

# Chapitre 19

Chez les Vincent, ce matin, tout le monde était sur le pied de guerre. Le jour tant attendu était enfin là ! Malgré l'agitation et l'anxiété qui les submergeaient, ils prirent un bon petit-déjeuner tous les trois ensemble.

— J'espère que cela va bien se passer ! déclara Camille entre deux gorgées de chocolat chaud.

Sa mère la rassura aussitôt, il fallait qu'elle soit calme et détendue.

— Il n'y a pas de raison, tout est parfaitement orchestré. Et puis, nous sommes là ton père et moi.

Camille leur sourit. Elle adorait ses parents, ils avaient toujours été très complices.

— Je sais !

—Bon, c'est pas tout ça, continua sa mère, il faudrait peut-être se bouger maintenant et aller à la douche. La maquilleuse et la coiffeuse ne vont pas tarder à arriver.

Après avoir essuyé la table et rangé la vaisselle, tous trois s'éclipsèrent de la cuisine. Camille fut la première dans la salle de bains. Il faisait encore frais à cette heure-ci, mais la température n'allait pas tarder à grimper. Elle commença par un bain bien chaud puis termina par une douche froide revigorante. Les deux prestataires arrivèrent peu de temps après. La maquilleuse commença par Camille tandis que la coiffeuse s'occupait de Claire. La coiffure de la mariée serait effectuée une fois qu'elle serait habillée, car avec le chapeau, il fallait que ce soit au dernier moment. Pendant ce temps, Marc en profitait pour décorer la voiture. Le mariage était prévu à la mairie à dix heures trente. Il y avait foule au portillon ce jour-là, ils n'avaient pas eu beaucoup de choix sur l'horaire. Vers dix heures moins le quart, le photographe arriva. Il souhaitait faire quelques photos de Camille célibataire, dans sa chambre et dans la salle à manger avec ses parents. Ils avaient largement le temps, de chez eux à la mairie, ils en avaient à peine pour une dizaine de minutes en voiture.

Lorsqu'enfin ils arrivèrent devant l'établissement public, tous les invités ou presque étaient déjà là. Magali vint immédiatement à sa rencontre et l'embrassa, elle était son témoin.

—Tu es superbe ! Tu vois, je suis là à l'heure et j'ai amené mon plus beau stylo pour la signature.

Camille pouffa, satisfaite.

— Merci. Toi aussi tu es magnifique. Je suis convaincue que parmi les copains de Jérôme, tu vas trouver ton prince charmant aujourd'hui ! déclara son amie en lui faisant un clin d'œil.

Magali se retint de lui tirer la langue.

Camille s'apprêtait à saluer les invités, mais n'en eut pas la possibilité, la secrétaire de l'état civil venait de les appeler. Jérôme, qu'elle avait à peine eu le temps d'apercevoir, se fraya un passage parmi les convives et vint la rejoindre ; tous deux entrèrent dans la salle du conseil municipal, suivis des invités. Ébahi par la beauté de Camille, Jérôme ne put s'empêcher de lui murmurer à l'oreille :

— Tu es vraiment sublime. Cette robe de princesse de contes de fées est vraiment faite pour toi, elle te va à ravir. Tu brilles de mille feux comme un trésor, mon trésor ! Je t'aime, mon bébé d'amour.

Camille le regarda amoureusement et faillit l'embrasser, mais se retint au dernier moment, elle devait attendre qu'ils soient mariés.

Ils suivirent l'officier de l'état civil jusqu'à ce que celui-ci leur demande de s'asseoir.

— Installez-vous au premier rang. La mariée à gauche du marié, s'il vous plaît, ordonna l'employée. Les témoins à côté. Merci.

Magali prit place à côté de Camille et Cyrille auprès de son cousin Jérôme.

Au deuxième rang s'était installée la famille proche, puis, enfin, derrière, les invités. C'est à ce moment que le téléphone de Claire vibra. Elle regarda le SMS et fut soulagée. Le Maire arriva presque aussitôt. Toute l'assemblée se leva avant de se rasseoir après l'indication de l'officier. Ce dernier prononça tout d'abord un petit discours.

— Mesdames et messieurs. Je suis heureux de vous accueillir, ce samedi 2 août dans notre hôtel de la ville de Neuilly-sur-Seine afin de célébrer l'union de Camille Vincent et de Jérôme Castel. En tant qu'officier de l'état civil, c'est toujours avec un grand plaisir que je reçois sous le toit de la République, les futurs époux qui ont choisi la voie du mariage. Un engagement civique et moral qui suppose pour les époux un respect mutuel et un accompagnement de chaque jour. Je suis heureux de vous unir et vous félicite chaleureusement. Je vous souhaite une longue vie côte à côte ainsi que beaucoup de bonheur. Conformément aux articles 212 à 215 du Code civil, je vais donc vous donner lecture des droits et devoirs des époux. Écoutez-les bien, ils définissent les droits et devoirs que vous vous reconnaissez l'un envers l'autre.

Après avoir lu les articles, le Maire demanda aux futurs époux de se lever pour la question traditionnelle qui scellerait leur union. Le silence se fit dans la salle. Tout le monde voulait entendre.

— Mademoiselle Camille Vincent, consentez-vous à prendre pour époux Monsieur Jérôme Castel ici présent ?

— Oui !

— Monsieur Jérôme Castel, consentez-vous à prendre pour épouse Mademoiselle Camille Vincent ici présente ?
— Oui !
— Au nom de la loi, je vous déclare unis par les liens du mariage. Vous pouvez embrasser la mariée.

Le sourire aux lèvres, Jérôme se pencha vers Camille et l'embrassa amoureusement.

— Avez-vous un contrat de mariage, demanda également l'officier.
— Non, répondit Jérôme.
— Faites-vous une cérémonie religieuse ?
— Non, répondit cette fois Camille.

Étant donné que tous les deux étaient de religion différente, ils avaient décidé de ne pas faire de cérémonie religieuse pour ne pas froisser l'une ou l'autre famille.

— Dans ce cas, nous allons passer à la remise des alliances, déclara le Maire à l'attention des témoins chargés d'apporter les anneaux.

Ces derniers se regardèrent, tous les deux interloqués.
— C'est toi qui les as ? demanda Magali à Cyrille.

Celui-ci la regarda, horrifié.
— Je croyais que c'était toi qui en étais chargée ?

La panique s'empara des jeunes époux. Tandis que Camille se tournait vers ses parents à la recherche de secours, au fond de la salle, une vieille femme venait de se lever et s'engageait dans l'allée centrale en direction des mariés.

— Les voici ! Monsieur le Maire.

Lorsque le regard de Camille se posa sur une robe bleue, LA robe bleue, elle n'en crut pas ses yeux.

— Non ! s'exclama-t-elle en se levant si brusquement que sa chaise en tomba à la renverse. Ses yeux s'embuèrent, elle éclata en sanglots et se précipita.

— Gi..., Gisèle ? Ma... Mamie ! Mamie, tu es venue !

Frêle comme une fine branche prête à se briser au moindre souffle, Gisèle reçut néanmoins sa petite-fille à bras grands ouverts. Dans son visage si doux et si lumineux en ce jour, transparaissaient tout le bonheur et la gentillesse du monde !

— Allons ma beauté, ne pleure pas, tu vas me faire pleurer également, et puis tu vas gâcher ton maquillage pour les photos.

— Mamie, sanglota à nouveau Camille, je suis si heureuse que tu sois là. C'est mon plus beau cadeau, déclara-t-elle en embrassant sa grand-mère.

Étonnés, les invités assistaient à toute la scène sans rien y comprendre. Qui était cette femme âgée qu'ils ne connaissaient pas et qui mettait la mariée dans cet état ? se demandaient-ils en se regardant les uns et les autres à la recherche d'une réponse.

Le Maire se racla la gorge. Bien qu'il fût ému aussi, il avait encore d'autres mariages qui l'attendaient.

Gisèle se ressaisit et tendit les anneaux à l'officier de l'état civil.

— Nous parlerons tout à l'heure mon petit, ne fais pas attendre davantage ton chéri et Monsieur le Maire.

Camille se rassit à côté de Jérôme qui avait relevé la chaise tandis que Gisèle retournait à sa place. Au passage, elle sourit à Claire et à Marc qui lui n'était au courant de rien non plus.

Une fois la surprise passée, tous les convives se focalisèrent sur l'échange des anneaux, sauf Damien qui continuait à la regarder à la dérobée. Il constata que, malgré son âge et les marques laissées par une vie difficile et pleine de souffrance, elle était toujours aussi belle et cette robe bleue illuminait son regard. Elle n'avait rien perdu de son charme, il en eut un fort pincement au cœur.

L'élu attendit que les anneaux soient enfilés aux doigts des mariés avant de poursuivre.

—Ma qualité d'élu me donnant droit à quelques privilèges, je serai donc le premier à vous adresser à tous les deux mes vœux de bonheur. Nous allons maintenant authentifier cette union en signant les registres d'état civil. Les mariés d'abord puis les témoins.

Après avoir signé à son tour le registre, le Maire leur remit le livret de famille puis termina par un dernier discours avant que tout le monde quitte la salle.

Une fois dehors, Camille, n'y tenant plus, rejoignit sa grand-mère.

—Mamie, mais comment..., comment se fait-il que tu sois là?

Gisèle la serra fort contre elle en essuyant une larme.

—Tu peux remercier tes parents et, en particulier, ta mère.

—Je suis tellement, tellement contente, déclara Camille très émue. J'espère que tu ne nous quitteras plus. Heureusement que nos chemins se sont croisés ce jour-là dans cette boutique.

—Je sais, ma petite-fille, je sais. Nous serons ensemble maintenant. Mais je ne voudrais pas que tu manques à tes obligations à cause de moi. Occupe-toi du reste de tes invités. J'ai déjà trop attiré l'attention sur moi. C'est toi la reine de la journée aujourd'hui, ne l'oublie pas. Je te présenterai ma famille tout à l'heure.

Camille se tourna alors vers ses parents et les embrassa très fort.

—Vous m'avez fait le plus merveilleux des cadeaux. Merci, merci, je vous adore !

Marc ne répondit rien, car lui-même n'était pas au courant de cette surprise de dernière minute.

—Ce n'est rien, ma chérie. Nous sommes très heureux également, n'est-ce pas Marc ? lui demanda-t-elle en lui donnant un discret coup de coude.

—Oui, oui très heureux.

Lorsque les jeunes mariés furent enfin accessibles, tous les invités vinrent les féliciter.

Marc en profita pour questionner sa femme :

—Tu étais dans la confidence et tu ne m'as rien dit ?

—Je voulais vous faire la surprise à tous les deux.

—Cela en est une, sans aucun doute ! répondit Marc en embrassant sa femme tendrement.

—Va la voir, lui conseilla Claire en se dégageant.

Marc ne se fit pas prier et se faufila aussitôt parmi les invités. Quand il se trouva près de sa mère, son cœur battait à tout rompre. Sans lui laisser le temps de dire quoi que ce soit, il l'enlaça très fort comme s'il allait la perdre à nouveau.

De loin, Damien assistait à la scène, attendri malgré lui. Son fils, sa belle-fille et même Camille se moquaient des convenances, des différences de classes sociales, des préjugés. Pourquoi, lui, y avait-il attaché autant d'importance ?

— Merci d'être venue. Tu ne sais pas à quel point tu nous fais plaisir. Je ne laisserai plus personne nous éloigner l'un de l'autre.

— Ce n'est rien, mon grand, lui répondit-elle en lui caressant les cheveux malgré elle. Je dois dire que j'ai beaucoup hésité. Tu peux remercier ta femme et ma petite-fille Audrey. Maintenant que je suis là, je peux dire que je suis enchantée d'être venue, Camille le mérite et toi tu es ma première grande réussite ! Je suis fière de toi, tu sais. Fière que tu n'aies pas hésité à me rechercher. Et ta demi-sœur t'aime déjà beaucoup.

Marc se tourna ensuite vers Audrey, Marie et Olivier, les salua et remercia tout particulièrement la jeune femme qu'il serra maladroitement dans ses bras.

— Merci, Marie.

Suite aux félicitations et embrassades, le photographe intervint à son tour.

— Bien, nous allons prendre une photo du groupe devant la mairie puis nous nous dirigerons tous ensemble vers le parc

Saint-James pour quelques clichés supplémentaires avant de nous rendre au restaurant.

Claire se souvint alors que Gisèle et les siens étaient venus en train et qu'ils n'avaient pas de voiture. Elle se chargea alors de trouver un ou deux véhicules qui les prendraient en charge.

## Chapitre 20

Le parc la Folie Saint-James de Neuilly était majestueux en cette belle journée ensoleillée. L'astre solaire tentait de retenir pendant un moment encore ses rayons brûlants tandis que les oiseaux fêtaient la journée en gazouillant. Après plusieurs clichés dans le jardin clos, son temple d'amour et son bassin d'inspiration mauresque, ils se dirigèrent vers le Grand Rocher, pièce maîtresse du parc. La face du monument était baignée par l'eau d'un lac formant en son centre un vaste berceau de voûte en rochers. L'endroit était sublime et rafraîchissant. Les mariés y firent plusieurs photos, seuls ou avec un nombre limité de personnes, car le site ne se prêtait pas à des photos de groupe.

Pendant près d'une heure, ils prirent d'assaut le joli parc avant de rejoindre le restaurant, car les enfants ne tenaient plus en place.

Vers treize heures, ils arrivèrent enfin devant l'établissement dans le huitième arrondissement de Paris. Une fois sur place, ils furent accueillis par un voiturier qui se chargea du stationnement de leurs véhicules tandis qu'une hôtesse les conduisit jusqu'au Salon Étoile situé au rez-de-chaussée. Éblouissant, celui-ci était surplombé par trois spectaculaires lustres en verre de Venise dont la lumière se reflétait sur le marbre bleu et blanc de Carrare. Au fond, se trouvait un important espace scénique sur lequel attendait déjà l'orchestre.

—Waouh ! ne purent s'empêcher de s'exclamer certains invités en apercevant la magnificence du lieu.

—Veuillez entrer, les invita l'hôtesse. La disposition des tables a été dressée selon le désir des mariés.

Ayant un peu faim maintenant, les invités ne se firent pas prier et prirent place à l'endroit qui leur était destiné.

Les tables rondes, recouvertes de jolies nappes blanches accueillaient dix personnes. Elles étaient situées de chaque côté, le long du mur, laissant au milieu la piste de danse. Seule en tête de gondole, près de l'espace scénique, avait été placée la table des mariés. Outre ces derniers, ils y avaient leurs parents et leurs grands-parents.

Au moment de s'asseoir, gênée, Gisèle prit son fils à part.

—Je ne peux pas m'asseoir à votre table. Il m'est impossible de passer la journée auprès de ton père, pas aujourd'hui je suis désolée. C'est au-dessus de mes forces. Et puis, je ne veux pas laisser les miens, ils ne connaissent personne.

—Je comprends, déclara Marc. Installe-toi où tu le souhaites. Je suis sûr que Camille le comprendra également.

Ne voulant pas se retrouver lui aussi auprès de Gisèle, Damien souffla, soulagé, lorsqu'il la vit s'asseoir à une autre table loin de lui. Il aurait aimé qu'elle lui pardonne pour tout le mal qu'il lui avait fait, mais il n'avait pas encore trouvé les mots justes pour exprimer tout le désarroi enfoui au plus profond de lui, depuis si longtemps.

Ce fut le moment que Camille choisit pour intervenir.

—Je sais que, lors d'un mariage, il est de coutume de faire un discours. Mais vous voir tous réunis devant moi pour fêter notre mariage me comble d'émotions. Du coup, c'est beaucoup moins évident que ce que j'avais imaginé. J'ai des tas de petites choses à vous dire, mais je vais essayer de faire court. Tout d'abord, Jérôme et moi, nous vous remercions vraiment de tout cœur d'être là pour nous en ce jour unique. Chacun d'entre vous est une partie importante de ce mariage ; sans l'un de vous, ce jour n'aurait pas été aussi magique. Je suis heureuse de voir tant de personnes que j'aime autour de moi. Merci pour vos petits mots, vos conseils, vos sourires, votre bonne humeur. Je suis vraiment comblée. Merci aussi à mon mari. Je t'aime tellement ! Merci à mes parents d'être toujours là pour moi, avec tout leur amour, et ce, malgré mes sautes d'humeur. Je voulais vous dire que je vous aime. Merci aux membres de ma belle-famille de m'accueillir parmi eux. Je suis touchée par votre gentillesse quotidienne. Merci à nos témoins pour leur aide, et un très grand merci à la providence qui m'a fait retrouver ma grand-mère que je n'avais jamais connue.

Volontairement, elle avait évité de présenter sa grand-mère, car elle savait que cette dernière défendait farouchement son identité. Tout le monde se leva et applaudit. Sa mère versa même une petite larme. Puis ce fut au tour de son père de faire un dernier discours tandis que les serveurs attendaient le moment pour commencer le service.

— Le grand jour est arrivé, celui où tu quittes officiellement notre foyer pour fonder le tien avec l'élu de ton cœur. C'est une étape naturelle et heureuse dans la vie d'un enfant, mais j'avoue qu'elle provoque en moi des sentiments contrastés. Tout d'abord, bien sûr, un grand bonheur de te voir grandir et t'épanouir, de savoir que tu as trouvé quelqu'un pour veiller sur toi et partager tes joies et tes peines tout au long du parcours. Mais aussi un petit pincement au cœur pour moi, ton papa, qui te connais depuis le premier jour. Je me rappelle encore du petit être que je tenais dans mes bras et qui s'en va aujourd'hui si loin de moi ! Je suis néanmoins rassuré quand je vois l'amour et la complicité qui t'unissent à Jérôme. Je sais que votre vie sera heureuse et vous me trouverez toujours à vos côtés pour vous aider et vous soutenir, comme j'ai l'habitude de le faire depuis que tu es née. Jérôme, je te confie ce que j'ai de plus précieux, prends-en grand soin sinon tu auras affaire à moi, rajouta-t-il en plaisantant. Tous mes vœux de bonheur aux jeunes mariés !

— Félicitation, vive les jeunes mariés ! crièrent d'une même voix les convives.

Puis tout le monde s'assit et le service put enfin commencer. Intéressés, les invités regardèrent le menu. Il était on ne peut plus appétissant.

### ENTRÉES

*Demi-homard sur julienne de mangue*

*Mesclin au vinaigre de framboise*

### POISSONS

*Filet de bar poêlé*

*Marinière de coques*

### VIANDES

*Carré d'agneau rôti aux parfums de Provence*

*Pomme Anna, Poêlée de girolles, Tian provençal*

**ASSORTIMENT DE FROMAGES**
**SALADE DE SAISON AUX HERBES FRAÎCHES**
**COUPE DE FRUITS FRAIS DE SAISON**
**PIÈCE MONTÉE**
**CAFÉ / THÉ**
**ASSORTIMENT DE PETITS FOURS FRAIS**

Entre plats savoureux, pas de danse, conversation, jeux et musique, l'après-midi se passa à une vitesse fulgurante. Les mariés et leurs parents se levaient régulièrement et faisaient le tour de salle afin de s'assurer que tout allait bien pour leurs invités. Camille dansa beaucoup. À chacun de ses mouvements, les spectaculaires lustres en verre de Venise se reflétaient sur le bustier de sa robe scintillant de mille feux comme si elle s'embrasait.

Marc s'approcha de sa mère.

— Comment te sens-tu ? Apparemment, ton histoire est du passé, car personne ne semble t'avoir reconnue, je n'ai eu aucun écho.

— Tant mieux. Du coup, cela aurait été idiot de ma part de ne pas être venue à ce bel événement.

— Il faudra que tu m'accordes une danse tout à l'heure ! lui demanda son fils mû par un début de complicité qui commençait peu à peu à s'installer entre eux.

Gisèle lui sourit de ses beaux yeux bleus si semblables aux siens.

— Je suis vraiment comblée. Tu sembles si heureux et ta femme et ta fille sont extraordinaires. Tu as une très belle famille. Et puis, ton gendre aussi à l'air très sympathique.

— Oui, je suis chanceux, il ne manquait plus que toi et tu es là et pour toujours, j'espère ! N'oublie pas ma danse ! insista-t-il.

— Non, promis !

Damien les observait au loin, son cœur se serra malgré lui. Il avait toujours été faible face à son père, il s'en voulait à présent. Heureusement, son fils unique lui avait tenu tête et il avait eu raison. Le bonheur qui transparaissait dans les regards de Marc et de sa petite-fille à chaque fois qu'ils se posaient sur Gisèle ne lui avait pas échappé. Il était presque jaloux de cette complicité à laquelle il n'avait pas eu le droit par sa faute. Il était impossible de revenir en arrière, malheureusement !

Attenante à la salle de repas, une énorme cour intérieure verdoyante permettait aux enfants de se défouler en sécurité sans gêner les adultes.

Claire et Camille vinrent plusieurs fois auprès de Gisèle et des siens pour savoir si tout se passait bien pour eux.

— Mes parents m'ont dit qu'ils vous avaient invités à venir passer la dernière quinzaine d'août avec nous dans notre maison de campagne, j'espère que vous viendrez tous ! insista Camille.

— Pour nous, ce sera avec plaisir, confirma sans hésitation Audrey en regardant Olivier.

— Pour moi aussi, déclara à son tour Marie.

Fraîchement mariées, le courant était rapidement passé entre les deux jeunes femmes, elles souhaitaient se connaître davantage.

— Et toi ? questionna la jeune mariée à l'attention de Gisèle. Dis oui, mamie, implora cette dernière.

— Oui, je pense qu'il est temps de nous insérer dans cette belle famille, répondit Gisèle cette fois un peu plus sûre d'elle en ouvrant ses bras à sa petite-fille qui s'y blottit.

— Ma petite chérie ! murmura-t-elle.

Jérôme qui venait de les rejoindre approuva également.

— En voilà une bonne nouvelle qui fait plaisir !

En fin d'après-midi, la salle fut rangée afin de dresser une énorme table pour le cocktail qui clôturerait cette journée de mariage. Les invités avaient déjà bien mangé, mais s'étaient aussi beaucoup dépensés, ce cocktail tombait à point pour les aider à tenir le reste de la nuit jusqu'à la fermeture du restaurant, à deux heures du matin. La fête continua donc encore avec entrain.

Camille, qui avait chaud avec sa robe de mariée, décida d'aller se changer et d'enfiler celle de cérémonie plus légère qu'elle avait achetée. Mais avant, elle alla trouver Gisèle.

— Coucou Mamie. Tu te souviens de notre rencontre dans la boutique et de la photo que nous avons prise ensemble avec nos robes ? Aujourd'hui, c'est le jour de mon mariage, je souhaiterais que nous prenions une photo ensemble, rien que nous, avec nos deux magnifiques robes qui nous ont rapprochées.

— Bien sûr, ma chérie, on peut dire que ces deux robes sont bénies de Dieu.

Camille appela le photographe qui ne se fit pas prier. Il prit plusieurs clichés, dont un tout particulièrement réussi qu'il ferait encadrer selon les consignes de Camille.

En début de soirée, tandis que Gisèle était assise seule dans un coin afin de se reposer, elle fut surprise par l'arrivée de Damien auprès d'elle. Elle se leva pour partir, mais il la retint.

—S'il te plaît, attends juste deux secondes. Je... je voulais juste m'excuser pour tout le mal que je t'ai fait. Même si cela ne changera rien entre nous. En voyant le bonheur de Marc et de Camille, je me rends compte à quel point j'ai été un lâche, même si cela me fait mal de l'avouer. Pourras-tu un jour me pardonner ? C'est tout ce que je te demande ! Je pourrai alors mourir en paix.

Gisèle leva vers lui un regard étonné. Se moquait-il d'elle encore une fois ? Elle eut envie de l'envoyer promener, mais n'en fit rien, elle ne souhaitait pas attirer l'attention sur eux.

—Pourquoi mourir en paix ? Tu m'as l'air en pleine forme ! répondit-elle d'un ton calme.

—Apparemment, murmura ce dernier.

Néanmoins, à l'autre bout de salle, Marc suivait attentivement toute la scène.

—Tu sais, j'ai beaucoup souffert à cause de toi, continua Gisèle. Tu as gâché ma jeunesse, tu m'as privée de mon fils, j'ai vécu dans la misère, et aujourd'hui, tu me demandes de te pardonner comme si rien de grave ne s'était passé. Je te rassure, cela fait longtemps que j'ai pardonné. J'ai mis du temps, mais avec l'aide des miens j'y suis arrivée. Notre famille est peut-être modeste, mais elle est unie. Et puis cette rencontre avec Camille a fini par briser le peu de réticences qu'il me restait. Je suis fière à présent de faire partie de leur vie.

—Je comprends! lâcha ce dernier. Je n'ai pas été à la hauteur, je suis vraiment désolé.

Lorsque Damien s'éloigna, Marc fut soulagé. Il ne savait pas ce qu'ils s'étaient dit, mais cela avait l'air de s'être bien passé, sa mère était redevenue souriante.

Vers minuit, comme Cendrillon, Camille décida qu'il était temps de partir. Le lendemain, en fin de matinée, ils devaient s'envoler vers le Brésil, en voyage de noces. Ils allaient d'ailleurs dormir à l'hôtel près de l'aéroport Charles de Gaulle. Elle salua tous les convives puis se dirigea vers Magali qu'elle avait vue en pleine conversation avec Cyrille, le cousin de Jérôme, et la prit à part en s'excusant.

—Alors ma vieille, j'ai remarqué que tu n'avais presque pas quitté Cyrille de la journée. Le courant a l'air de passer entre vous, déclara-t-elle sur un ton complice.

—Non, tu te trompes, ce n'est pas ce que tu crois, se défendit celle-ci, embarrassée.

—Mon œil! Allez, avoue!

Magali gloussa.

—Bon, OK, j'avoue que nous nous sommes trouvé des points communs, rien de plus. Mais...

—Mais?

—Mais... nous avons décidé de nous revoir dans la semaine.

—Je m'en doutais, ça marche entre vous, se réjouit-elle.

—Oh, ne t'emballe pas, on verra.
—D'accord, d'accord. Bon, je te laisse, nous partons.
—Amusez-vous bien ! Et envoie-moi des photos.
—T'inquiète ! Salut, à bientôt.
—Salut, bon voyage.

Elles s'embrassèrent puis Camille rejoignit ses parents qui discutaient avec sa grand-mère et les siens.

—Papa, maman, nous allons y aller ! déclara-t-elle en les enlaçant. Puis se tournant vers Gisèle : n'oublie pas, mamie, de venir nous rejoindre à la campagne. Je compte sur votre présence à mon retour.

—Tu peux, répondit celle-ci en lui caressant la joue tandis qu'Audrey confirmait d'un clin d'œil. Je vous souhaite un très agréable séjour au Brésil. Faites attention à vous !

Camille les embrassa également et s'en alla, satisfaite. Jérôme l'attendait déjà.

—Surtout, donnez-nous de vos nouvelles ! lui lança Claire émue.

—Oui, ne t'en fais pas, maman, je t'appellerai dès notre arrivée. Bisous à tous ! répondit-elle avant de disparaître derrière la porte.

Fatiguée, Gisèle désirait partir également.

—Nous allons y aller aussi, il est tard, annonça-t-elle à Claire et Marc. Nous rentrons demain soir à Sassenage, notre TGV pour Grenoble est à dix-huit heures, j'aimerais me reposer un peu.

Son fils était inquiet. Les voir prendre les transports en commun à cette heure-ci ne le rassurait pas.

—Ne peux-tu attendre encore une petite demi-heure, le temps que le reste des invités s'en aille ? Et comme Camille n'est pas là, nous avons deux chambres libres, vous pourrez dormir chez nous et nous vous conduirons nous-mêmes à la gare. Je vais demander au père de Jérôme s'il peut prendre deux d'entre vous en voiture.

—Mais nous avons toutes nos affaires à l'hôtel et nous avons déjà payé la nuit ! déclara sa mère.

Claire intervint à son tour.

—C'est pas grave. Pour ce soir, il y a tout ce qu'il faut à la maison et demain matin nous irons chercher vos bagages ; comme ça ; vous pourrez passer la journée avec nous avant votre départ.

Gisèle hésita.

—Nous sommes quand même quatre personnes, nous ne voulons pas vous déranger, argumenta-t-elle.

—Cela ne nous dérange absolument pas, au contraire cela nous fait très plaisir, insista Claire. Je pense même que Marc n'en dormirait pas de la nuit si vous refusiez.

Gisèle se tourna vers les siens.

—Pour Olivier et moi, c'est OK, annonça Audrey.

—Pour moi aussi, répondit Marie.

—Alors j'accepte !

Le lendemain, Claire et Marc se levèrent de bonne heure afin de préparer le petit-déjeuner. Gisèle les rejoignit rapidement, elle avait l'habitude de se lever tôt.

—Bonjour! leur lança-t-elle d'un ton enjoué avant de les embrasser tous les deux.

—Bonjour Gisèle.

—Bonjour maman, tu as bien dormi?

—Oui, très bien mon grand. J'étais si fatiguée, je suis tombée comme une souche.

—Asseyez-vous Gisèle, je vous en prie. Vous avez faim? Voulez-vous que je vous serve quelque chose?

—Non merci, c'est gentil. Je vais attendre avec vous. De toute façon, je pense qu'ils ne vont pas tarder non plus.

—Fin août, tu retournes à Sassenage ou tu reviens sur Paris? se renseigna son fils.

—Je retourne à Sassenage. Je pense passer le mois de septembre avec eux, je reviendrai sur Paris début octobre.

—Dès votre retour, vous viendrez nous visiter? demanda aussitôt Claire.

—Bien sûr!

—Devoir attendre jusqu'en octobre pour te revoir, ça va être long! se plaignit Marc pour qui la séparation devenait insupportable.

Bientôt, ils furent tous autour de la table devant un copieux petit-déjeuner. Désireux de faire un peu plus connaissance, Marc ne put s'empêcher de poser des questions.

—Alors Olivier, dans quoi travaillez-vous? se renseigna-t-il.

—Je travaille dans le bâtiment, je suis boiseur.

—Vous travaillez dans le gros œuvre alors ! Ça se passe bien ? Ce n'est pas trop difficile ?

—C'est physique, mais tout se passe bien pour le moment.

—Ma mère vous l'a sans doute dit, je suis patron d'une grosse boîte du bâtiment. Si un jour vous avez besoin, n'hésitez pas à m'appeler, je pourrai vous aider.

—Merci, c'est gentil, je n'oublierai pas, répondit-il timidement.

—Et vous Audrey, vous travaillez dans quelle branche ? continua-t-il.

—Tu es curieux ! lui lança sa femme. Tu les ennuies avec tes questions dès le matin.

—C'est important d'en savoir plus sur sa famille, non ? se défendit-il.

—Ce n'est rien, répondit Audrey, c'est normal. Vous pouvez nous tutoyer, vous savez, nous avons à peu près le même âge que Camille. Je suis coiffeuse.

—Tu as ton salon ? se renseigna alors Claire.

—Non, je n'en ai pas les moyens. Alors j'ai décidé d'être coiffeuse à domicile. D'ailleurs, si vous le souhaitez, je pourrais vous coiffer avant de partir.

—Merci, pourquoi pas ! se réjouit Claire.

—Quant à moi, intervint à son tour Marie, je suis aide-ménagère. Ça commence à être un peu fatigant à mon âge, mais pour l'instant, je tiens le coup.

Claire et Marc parlèrent à leur tour de leur profession respective puis, comme l'heure passait, Marc proposa à Olivier d'aller chercher leurs affaires à l'hôtel. Restées seules, les femmes préparèrent le déjeuner tout en papotant de choses et d'autres. Quand ils revinrent, tout était prêt.

Le reste de la journée se passa rapidement. Comme ils étaient quatre, il n'y avait pas assez de place dans le véhicule, Claire ne put les accompagner à la gare. Marc dut y aller seul. Vers dix-sept heures, il les déposa à la gare de Lyon.

—Voilà! déclara Marc, nous y sommes. Je vous souhaite un bon voyage. N'oubliez pas, nous comptons sur vous pour la dernière quinzaine. Maman, téléphone-moi quand vous aurez la date d'arrivée, je viendrai vous chercher à la gare.

—Oui, merci, je n'y manquerai pas. À bientôt, mon grand.

—À bientôt, maman, tu vas me manquer.

Il les salua avant de serrer sa mère dans ses bras. Il regarda le train s'en aller en emmenant sa mère et les siens.

Quinze jours plus tard, ils se retrouvèrent tous à nouveau. Les jeunes mariés étaient en pleine forme et avaient énormément de choses à raconter et de photos à montrer, pour le plus grand plaisir de toute la famille. Tout se passa extrêmement bien le premier jour. Le lendemain de leur arrivée, une surprise vint quelque peu troubler le plaisir de leurs retrouvailles. Damien, que personne n'attendait, fit son apparition, chargé d'un énorme panier garni de fruits frais de saison et de quatre bouteilles de vin. Il fut néanmoins bien reçu. Il semblait vouloir tourner une page de sa vie et rattraper le temps perdu. Après avoir salué tout le monde, il justifia sa présence.

—Veuillez m'excuser d'arriver comme ça à l'improviste, mais je ne resterai pas longtemps, je ne veux pas vous importuner. Étant donné que nous n'avons pas été présentés lors du mariage de Camille, je suis venu connaître ma nouvelle famille. Tenez, si vous voulez prendre ce que j'ai apporté, c'est un peu lourd.

Camille et Jérôme se précipitèrent.

—Tu déjeunes avec nous, Papy ? le questionna Camille contente de le voir.

—Si je ne suis pas de trop !

—Ne vous inquiétez pas Damien, il y a ce qu'il faut, confirma Claire. Et vous n'êtes pas de trop.

—Dans ce cas, j'accepte.

—Viens installe-toi, nous serons plus à l'aise pour les présentations, lui proposa son fils.

—Merci, mais avant de faire votre connaissance j'aurais deux mots à dire à Gisèle, si elle accepte.

Cette dernière se leva et tous deux sortirent dans le jardin.

—Qu'as-tu de si important à me dire ? lui demanda-t-elle à brûle-pourpoint.

Damien sortit une petite boîte de sa poche, elle contenait un magnifique bracelet serti de diamants d'une valeur inestimable.

—Il y a cinquante ans, lorsque j'étais à l'étranger, je t'avais acheté ça. Je voulais te l'offrir à mon retour. Puis tout s'est enchaîné très vite sous la pression de mon père, je t'ai abandonnée, toi et notre fils. Je l'ai toujours gardé, je ne pouvais pas m'en séparer, il représentait trop de choses pour moi.

—Que veux-tu...

—Non, laisse-moi finir. Aujourd'hui, je souhaiterais te le remettre. La vie est si courte, alors je pourrai m'en aller en paix. Si tu ne le veux pas, je le comprendrai très bien, mais accepte-le quand même et offre-le à ta fille où à ta petite-fille, c'est un beau cadeau, elles pourront toujours le revendre.

Gisèle ne répondit pas tout de suite, elle réfléchissait à tout ce que lui disait Damien. Quelque chose, dans les paroles de ce dernier, l'intriguait.

—Cela fait deux fois que tu parles de mourir, de t'en aller. Que veux-tu dire exactement par là ?

Damien hésita, pourquoi lui parler à elle plutôt qu'à ses proches ?

—Tu veux insinuer quoi ? insista-t-elle à nouveau, ne voulant rien lâcher. Tu es malade ?

—J'ai... j'ai un cancer de la prostate, murmura-t-il attristé. Surtout, je ne veux pas de ta compassion, ajouta-t-il.

La souffrance, la maladie, Gisèle connaissait ça. Elle balaya la dernière réflexion d'un geste de la main.

—Depuis quand ? le questionna-t-elle.

—Je l'ai appris il y a quelques jours.

—Marc et Claire sont au courant ?

—Non, je n'ai pas encore eu le courage de leur dire.

Gisèle le regarda intensément de ses yeux bleus, limpides et doux.

—Tu vas être opéré ?

—Oui, mais j'ai encore des examens à faire.

Malgré son aspect frêle, Gisèle se mit soudain en colère, lui fit face et sur un ton qui ne laissait la place à aucun commentaire, elle déclara :

—Écoute-moi bien Damien. Tout d'abord, tu vas prévenir tes proches, ils ont le droit de savoir au plus vite et tu auras besoin d'eux. Ce n'est pas parce que tu t'es mal conduit autrefois avec moi que je souhaite ta mort ! Et puis, comme tu l'as dit toi-même, tu as toujours été lâche. Alors aujourd'hui, tu vas prendre ton courage à deux mains et cette fois-ci tu vas te battre pour la guérison, tu m'as bien comprise, Monsieur Damien Vincent ? Camille ne vient pas de retrouver sa grand-mère pour perdre son grand-père. Et puis toute ta famille sera avec toi pour t'accompagner dans ces moments difficiles, ne l'oublie pas.

Sans même sans rendre compte, dans un élan de gratitude, il lui prit la main et la serra très fort.

—Merci ! souffla-t-il le cœur plus léger.

Puis ils rentrèrent à la maison rejoindre le reste de la famille. Sous les encouragements de Gisèle, et bien que cela lui coûtât, il annonça à tous sa maladie. L'élan de solidarité que lui témoigna sa famille, ainsi que celle de Gisèle, lui confirma que son avenir était auprès des siens, tous les siens, et qu'il allait se battre et vaincre le cancer... car il était fort maintenant, fort de l'amour de sa famille, fort de ses retrouvailles avec l'amour de sa vie, fort de son envie de vivre...

*Fin*

Je tiens à remercier tout particulièrement Marie-Béatrice pour son aide, sa patience, ses nombreuses relectures, ses suggestions, ses commentaires. Sans elle ce projet n'aurait sûrement pas abouti.

Je remercie également Katia pour sa relecture et ses suggestions.

Et un très grand merci à vous cher lecteurs qui me suivez et me donnez l'envie de continuer !

Merci du fond du cœur !

Édition : BoD – Books on Demand, info@bod.fr
Impression : BoD – Books on Demand, In de Tarpen 42, Norderstedt (Allemagne)
Impression à la demande
ISBN: 978-2-3224-3929-4

**Dépôt légal :** 2022, Octobre